約會大作戰　安可短篇集 6

DATE A LIVE ENCORE 6

Kadokawa Fantastic Novels

【約會大寫真　case-1　靈裝】

「……嗯？妳們在幹嘛啊？」

踏進空中艦艇〈佛拉克西納斯〉的某個房間後，士道瞪大了雙眼。

不過，這也是理所當然。因為那裡擺放著專業的照相機、照明、反光板等，一應俱全，宛如攝影棚一般。

「喔喔，士道。我在幫十香拍照。」

琴里似乎察覺到士道來訪，一邊調整著器材一邊說道。士道聽了又歪了頭表示疑惑。

「拍照……拍什麼照？」

「嗯……我也不太清楚，大概是拍安可的照片之類的吧？」

「嗯，愈來愈感覺到這個問題不能問啊！」

聽見琴里口中說出的莫名話語，士道不禁提高音調。不過，琴里不怎麼在意的樣子，無奈地聳了聳肩。

「總之，需要十香的照片——好了，各位，差不多要開始拍嘍。」

「嗯！」

「呵呵，點燃普羅米修斯之火。」

「翻譯。耶俱矢的意思是準備萬全。」

在場的精靈們點頭回應琴里。

「啊！」

就在這時，二亞的視線落在一份類似文件的東西上，突然大叫出聲。

「等一下。抱歉、抱歉，最先預定要拍攝的是靈裝版本的照片。十香，妳能去換裝嗎？」

「唔？換成靈裝嗎？」

聽見二亞說的話，十香歪了歪頭。

這也難怪。畢竟十香現在處於靈力被封印的狀態，若是想顯現完全狀態的靈裝，勢必要讓她的精神狀態強烈不穩定，導致靈力逆流。

「嗯——……可是，該怎麼顯現出十香的靈裝呢？」

美九將手指抵在下巴呢喃後，折紙便開口回應：

「用鐵鍊銬住十香的腳，在差一點就能碰到的位置放上黃豆粉麵包。」

「喂……喂、喂……」

「這樣何止逆流啊，搞不好會反轉，別這麼做好嗎……？」

折紙太過殘酷的提案令士道和琴里冒出冷汗。

「話說，不需要逼迫十香。只要用七罪的〈贗造魔女〉，就能把十香的衣服變成靈裝的模樣吧？」

「咦……我嗎？」

話題突然轉到自己身上，七罪瞪大了雙眼。同時，精靈們「喔喔！」地拍了一下掌心。

「七罪，妳好厲害……！」

「呵呵，原來如此，說的有道理。」

「讚賞。真是個好方法。」

精靈們一臉佩服的樣子，紛紛表示認同。

「沒……沒有啦，我哪有厲害……」

七罪臉頰染上紅暈，十分不自在地游移著雙眼。不過，其他精靈仍然不斷稱讚她。

「哎呀～～不愧是七果呢。真是太帥了，超狂！」

「呀～～！長得可愛又能幹，實在是太優秀了～～！」

「……嗚，嗚嘎啊啊啊啊啊啊啊！」

七罪似乎在這時到達了極限，胡亂搔著頭並發出哀號。

而那一瞬間，七罪的身體發出淡淡的光芒，「砰！」的一聲顯現出魔女般的靈裝。

「嗚……嗚哇！」

「七罪顯現出靈裝了……！」

「喂，不是妳自己，而是要讓十香換上靈裝啦！」

「嗚嘎啊啊啊啊！」

滿臉通紅的七罪舉起手，天使〈贗造魔女〉便

出現在她手中，朝四周釋放出耀眼的光芒。
於是，籠罩在光芒中的精靈們逐漸變化成逗趣
的Q版動物吉祥物的模樣。
「呀～～！」
「這……這是怎麼回事！」
『嗚嘎啊啊啊啊！』
七罪和其他精靈的慘叫聲互相交錯，房內一時
喧鬧不已。

【約會大寫真　case-2　制服】

「呼……一時還以為全搞砸了呢，還好最後還是拍成了——好了，接下來要拍制服照。」

「喔喔！交給我吧！」

說完，身穿制服的十香將〈鏖殺公〉（Sandalphon）插在地板上。

威風凜凜中又帶點可愛，非常上相的姿勢。

「很好。那折紙，拜託妳照相了。」

「了解。」

折紙接受琴里的命令，將手放到相機上。

然後連續按下快門，順便把相機拿下腳架，從各種角度拍攝十香的照片。未免太熟練了吧……應該說，因為過於老道，令士道感到有些害怕。

「怎麼樣？」

折紙這麼說，並出示剛才拍的照片檔案。

「哎呀，拍得很不錯嘛。不愧是折紙。」

「被拍攝的對象靜止不動，再加上我本人的存在曝光也無所謂的條件下，這種程度根本是小意思。」

「妳平常都在拍什麼東西啊……」

士道臉頰流下汗水，如此低喃。

……不過，照片拍得很漂亮。這樣的話——

「請等一下～～！」

就在此時，美九突然大喊。

「不行！這些照片還有缺點！」

「缺點？」

「沒錯。那就是——動態感！耶俱矢、夕弦！妳們可以在十香的後面颳起風嗎？」

「哦？」

「了解。夕弦試試看。」

應美九的要求，八舞姊妹繞到十香後方，擺出帥氣的姿勢。於是下一瞬間，兩人的手捲起風，吹動十香的髮絲和衣襬。

「喔喔！」

十香吃驚得睜圓了雙眼。

原來如此，剛才的照片也很棒，但風吹動頭髮和衣服，感覺更突顯了帥氣感。

不過，美九似乎仍不滿意。她露出認真的眼神凝視著十香，對八舞姊妹下達指示。

「麻煩妳們再吹得更強一點！」

「哦，這樣可以嗎？」

「增強。提升威力。」

「再強！再強一點！」

美九激動地吶喊。

就在這個時候，士道等人發現了一件事。

美九蹲低身子，從後方窺視十香被風吹動的裙子。

「再強！再強一點！十香，身體稍微往前傾一點——嗯？」

呼吸急促的美九突然止住話語，抬起頭。

她恐怕已經發現了吧，所有人鄙視的目光正集中在她身上。

「……呼。」

美九輕聲嘆息，再次將視線移回十香身上。

「好了，十香！身體再向前傾一點！」

「竟然若無其事地繼續！」

面對美九過於強大的精神力，士道不禁大叫出聲。

【約會大寫真　case-3　內衣】
拍完制服照後，室內充滿異常的緊張感。
不過，這也無可厚非。因為接下來要拍攝『內衣』照，而且不只十香，必須四人並排拍攝。
這四人當中，一個是十香，一個是自告奮勇的美九，一個是正巧從影子現身被逮個正著的狂三，被半強迫來當模特兒──但最後一個卻遲遲無法決定。
然而，這也是理所當然的事。穿著內衣並排拍照就代表不管妳願不願意，都必須跟十香、美九和狂三的豐滿胸圍做比較。
「……其他人有意願嗎？」
「咦！不、不，那個……」
『話……話說，就夕弦上場吧。能跟那三人對抗的，頂多只有夕弦了。』
「首肯。如果耶俱矢也一起拍，夕弦就考慮。」
『那是什麼條件啊！』
任誰都看得出再協議下去也協議不出個所以然。
不久，這股緊張感帶有一種指向性，使大家做出同樣的動作。那就是──
「剪刀、石頭……布！」
所有人同時將單手伸向前方。
一群布當中，只有琴里一人出了石頭。
「不會吧啊啊啊啊！」

琴里發出悲痛的吶喊聲，當場頹倒在地。
不過數十秒後，她露出心意已決的表情，緩緩地……站起身。
「……妳們三個，胸圍多少？」
「唔？胸圍嗎？我記得是……八十四公分。」
「到底要做什麼呢……我是八十五公分。」
「呵呵呵～人家是九十四公分～～」
聽見三人的回答，琴里發出低沉的笑聲。
「呵……呵呵，什麼嘛，四捨五入的話，妳們跟我差不了多少嘛。所有人都大約一百公分！世界和平！萬歲！」
很顯然地，她是將十位數四捨五入，但沒有人吐槽她這一點。因為琴里身上散發出一股莫名的魄力，令人不敢言語。
「讓妳們見識見識……我的人生準則。」
琴里如此說完，一把拋開披在肩上的外套。她那威風凜凜的模樣令精靈們不禁肅然起敬。
女人啊，有時明知會吃敗仗，還是必須勇赴戰場。琴里親身示範了這個道理。
感謝妳，五河琴里。妳的覺悟、妳的背影，其他精靈勢必永生難忘。
士道看著這幅光景——
「……這是怎樣？」
怔怔地如此低喃。

DATE A LIVE ENCORE 6

NewYearSPIRIT,GalgameNIA,AnimationSPIRIT,OnlineSPIRIT,
OfflineSPIRIT,HairMUKURO

CONTENTS

約會大作戰

安可短篇集 6

橘 公司
Koushi Tachibana

Kadokawa Fantastic Novels

彩頁／內文插畫　つなこ

精靈
THE SPIRIT

存在於鄰界，被指定為特殊災害的生命體。發生原因、存在理由皆為不明。
現身在這個世界時，會引發空間震，給周圍帶來莫大的災害。
再者，其戰鬥能力相當強大。

處置方法1
WAYS OF COPING 1

以武力殲滅精靈。
但是如同上文所述，精靈擁有極高的戰鬥能力，所以這個方法相當難以實現。

處置方法2
WAYS OF COPING 2

——與精靈約會，使她迷戀上自己。

安可短篇集6
DATE A LIVE ENCORE 6

SpiritNo.9
Height 165 Three size B94/W63/H88

精靈過新年

NewYearSPIRIT

DATE A LIVE ENCORE 6

「我看差不多可以了吧……」

士道如此說道，用筷子夾起烤網上膨起的麻糬，汆燙一下後，放進朱紅色的碗裡。接著，在碗裡放上魚板、雞肉等配料，倒進剛才事先煮好的清湯。

最後再撒上鴨兒芹，士道特製的年糕湯便大功告成。士道依照人數做好年糕湯，蓋上碗蓋，一一放上托盤後，拿到客廳。

「好了，煮好嘍。餐桌整理好了嗎？」

「喔喔！終於等到了！」

「這邊都準備完畢了。」

位於客廳的十香等人發出雀躍的聲音回應士道。

「──────」

士道看見那幅光景，瞬間停下腳步。

〈拉塔托斯克〉所保護的精靈們如今正齊聚在五河家的客廳。十香、四糸乃、琴里、折紙、八舞姊妹、美九、七罪，以及──前幾天才剛封印靈力的二亞。共有多達九名的少女熱鬧非凡地談天說笑。

不過，吸引士道目光的理由不只如此。

因為在場的精靈無不盛裝打扮，身著華美的和服。

點綴著花、鳥等各式各樣絢麗圖案的振袖和服，以及腰帶。坐著一堆花枝招展的美麗精靈，原本看慣的五河家客廳瞬間增色了不少。

話雖如此，精靈們也不是平白無故就打扮成這副模樣。現在是一月，大家剛去附近的神社新年參拜回來。

當然，士道從今天早上就看過她們的裝扮了……只是，如今再次看來，莫名覺得所謂的極樂世界大概就是這種地方吧。

「嗯？士道，你怎麼了？是被點穴了嗎？」

「首肯。怎麼一副驚弓之鳥的樣子？」

士道露出目瞪口呆的表情後，身穿染著橙黑雙色和服的耶俱矢和夕弦便一臉疑惑地歪了頭。

「啊，不，沒事……」

士道赫然回過神後，不由自主地含糊其辭。於是，身穿點綴著百合圖案的和服的美九瞇起眼睛，莞爾一笑說：

「哎呀，達令？你該不會是看我們的和服裝扮看傻了眼吧～～？」

「我……我才……」

不敢違背良心說沒有。士道沉默不語，將托盤放到餐桌上。

「呀啊，達令真是可愛～～！」

「……別取笑我了啦。趕快來吃吧。」

士道一邊說一邊把碗筷分給大家，所有人便在餐桌前就坐，雙手和十。

「我要開動了！」

「嗯，請用吧。」

士道說完，所有人同時打開碗蓋。熱氣從碗中裊裊上升，四周飄散高湯的香氣。

「好香喔……」

「就是說啊。嗯，麻糬也很香呢。」

「……好好吃！這是什麼？有好好熬出湯汁就會變成這種味道嗎？」

「嗯～～少年，你的廚藝還是一樣棒呢。真想僱用你當助手，負責我的三餐呢！」

精靈們將年糕湯送進口中，露出陶醉的表情。

看來她們很喜歡這道菜。士道面露微笑，自己也拿起湯碗喝了一口清湯。雞肉的油脂溶入鰹魚與昆布熬出的高湯裡，滋味真是美妙。連我自己都佩服自己。

「嗯咕嗯咕……嗯，真好吃！」

「十香，我知道很好吃啦，但妳吃慢一點，要不然會噎著喔。」

「嗯！唔嗯唔嗯……嗯咕！」

就在這時，十香突然瞪大雙眼，開始「砰砰」地敲打胸口。看來似乎是被麻糬噎著了。

「啊啊，真是的！妳看吧！」

「糟……糟糕了！」

「呃，這種時候應該要怎麼做來著？」

「……我聽說要用吸塵器吸出來……」

「吸塵器！士道，吸塵器在哪裡！」

「我……我馬上去拿……！」

「不用！來不及了！人家直接幫她吸出來～～！」

當所有人驚慌地大呼小叫時，美九猛然起身，抓住十香的肩膀，嘟起嘴脣發出「嗯～～！」的聲音。

結果，十香一個踉蹌，就這麼倒向後方。

可能是那時卡住喉嚨的麻糬被撞下食道了，只見十香噓了一下，一副氣喘吁吁的模樣。

「妳還好嗎？十香！」

「嗯、嗯……還好。謝謝妳，美九。」

「討厭啦！妳沒事是很好啦～～！」

美九有些懊悔地扭動身軀。

不過，後來她像是想到了什麼點子似的，拍了一下手心後，回到自己的位子，將碗裡剩下的麻糬一口氣扒下肚。然後假惺惺地露出花容失色的表情，痛苦地按著胸口，表演起被麻糬噎到的樣子。

「嗯～～！嗯～～！」

「什麼……美九！不好了，士道，這次換美九卡住喉嚨了！」

十香慌張地站起來。但是其他精靈卻冷靜至極地看了看彼此後，點了點頭。

「耶俱矢、夕弦，妳們架住美九一下。」

「好。」

「了解。交給夕弦。」

「嗯咕！」

「七罪，吸塵器。」

「知道了。」

「好了，美九，把嘴巴張開吧。」

「嗯～～～？嗯嗯嗯嗯嗯嗯──！」

琴里接過七罪拿來的吸塵器，按下開關後，響起「嗡嗡嗡嗡嗡嗡」的聲音，一面逼近美九。

美九猛搖頭。

「不是的～～！妳們誤會了～～！」

「哎呀，麻糬好像吞下去了呢，真是萬幸啊。」

「啊……！」

琴里說完，美九便露出一臉東窗事發的表情。琴里見狀，無奈地聳了聳肩。

「真是的……妳演得未免也太爛了吧。」

「唔唔唔……十香，下次我們兩人一起去吃年糕湯吧。」

「唔？只有我們兩人嗎？」

「啊～～十香，妳絕對不能去。要是美九約妳，妳先跟我說一聲。」

「嗯，我知道了。」

「啊～～嗯！真壞心～～！」

美九雙手抱肩扭動著身軀。士道「啊哈哈」地苦笑。

「真受不了妳們……熱熱鬧鬧是很不錯啦，但是年糕湯要冷掉嘍。」

士道說完，其他人便回到餐桌前，將年糕湯吃得一乾二淨。順帶一提，七罪似乎不怎麼喜歡吃鴨兒芹，經過四糸乃一番鼓勵後才鼓起勇氣吃下去。

「很好……」

士道把空碗和筷子收一收，拿到流理臺。結果穿著紅色和服的琴里在後方「嗯嗯……」地伸了個懶腰。

「好了……差不多該換衣服了吧。」

「咦咦～～已經要換下來了嗎？難得穿著這麼可愛的和服，再穿久一點嘛～～」

聽見琴里說的話，美九抱怨道。琴里交抱雙臂，嘆了一口氣。

「是無所謂啦，但穿和服要做什麼？新年參拜也去了，年糕湯也吃了，不是嗎？」

「這個嘛……」

正當美九無言以對的時候，聽到兩人對話的二亞猛然豎起手指……順帶一提，只有二亞一個人跟大家不同，沒有穿著和服，而是穿著顏色暗淡的針織衫搭配丹寧褲。不過，一開始邀她去新年參拜時，她還想穿著運動服和棉襖出門，所以這樣已經多少算是體面了。

「那麼，既然機會難得，我們就來玩新年特有的遊戲吧。」

「新年的遊戲嗎……？」

「有什麼遊戲啊～～？」

身穿淺綠色和服的四糸乃以及與四糸乃穿著同樣和服的「四糸奈」歪了歪頭表示疑惑。

於是，美九拍了一下手心回應：

「啊啊！這個主意好耶！放風箏、羽子板、打陀螺！和服衣襬下若隱若現的白皙肌膚！最後再玩蒙眼拼臉遊戲！人家可能會不小心弄錯目標，把手伸到大家身上，畢竟人家蒙著眼睛嘛！這也是沒辦法的事呢！」

美九一臉興奮，呼吸急促的樣子。其他精靈見狀，臉頰流下汗水。

「……好，來玩其他遊戲吧。」

「同意。夕弦贊成。」

「咦咦！為什麼呀！」

美九大受打擊似的大聲吶喊。琴里無奈地嘆了一口氣。

「說到其他過年玩的遊戲……會想到搶紙牌之類的吧。」

折紙點了點頭，補充道：

「還有扔沙包和劍球，也算是新年遊戲。」

「原來如此。那我們就從這裡面選……」

正當琴里打算表決時，二亞搖了搖手指說：「不、不、不。」

「妹妹，妳忘了還有一項遊戲。這項遊戲最適合這麼多人一起玩。」

「咦？」

琴里歪了歪頭，二亞便自信滿滿地繼續說：

「就是雙六啊，雙六。」

「啊啊……說的對呢。」

士道將手抵在下巴，點頭表示認同。雙六的確可以大家一起玩，而且不像搶紙牌會因為體能造成明顯的差距。

「雙六……？」

十香身穿點綴著閃亮花朵圖紋的黑色和服，一臉納悶地問道。士道點點頭回答：「沒錯。」然後望向十香。

「簡單來說，就是擲骰子，擲到幾點就前進幾格的遊戲。先抵達終點的人贏，但也有『休息一次』或『前進三格』這種特殊的機會，不是誰擲的數字多就一定會勝利。」

「原來如此！感覺很好玩呢！」

「我想要玩看看……！」

十香和四糸乃等人興致勃勃，眼睛散發出閃耀的光彩。士道點點頭表示了解。

「嗯，那就來玩雙六吧。」

「喔喔！」

「……啊，不過家裡有雙六嗎？人數也是一個問題，要去買一個大一點的來玩嗎……」

「嗯！嗯！嗯！」

就在士道陷入思考的時候，二亞露出別有深意的笑容。

「怎……怎樣啦？」

「你以為我沒有考慮到這些因素嗎？」

二亞如此說完，從包包裡拿出好幾張白色小卡，放到桌上。

「這是……？」

士道納悶地拿起一張。是正反面都沒寫任何東西的空白紙張。

「嗯，這是印名片用的紙張。像這樣在上面……」

二亞掏出筆，在紙張寫下「休息一次」、「前進兩格」、「回到原點」、「當場伏地挺身十下」等文字，翻到背面排成一排。

「如此一來就能輕鬆完成自製的雙六遊戲。接下來只要跟普通的雙六一樣擲骰子前進，走到哪一格就翻開卡片，按照寫在上面的指示做就行了。在停到哪一格之前都不知道卡片上寫什麼的刺激感也很吸引人呢。」

「哦，原來如此。妳想得可真周到。這樣一來，不僅可以自由決定格子的數量，也能做各種應用。」

「嗯！感覺很好玩呢！我們來玩吧！」

「呵呵！要向本宮挑戰桌上遊戲嗎？也罷，就讓稱霸所有娛樂的八舞粉碎汝之傲慢吧！」

其他精靈也探頭看二亞手邊，興味盎然地說道。士道點了點頭。

「好，那就來玩吧。」

「喔——！」

穿著和服的精靈們舉手回應士道。

不過——此時士道尚未察覺。

有幾名目光炯炯的野獸混在其中。

◇

經過約二十分鐘。

「……好了，差不多就這樣吧。」

士道在十張卡片上寫下文字後，把筆蓋蓋上。

「我也寫好了。」

「這邊也ＯＫ了～」

看來精靈們也寫好了卡片。士道把筆放到桌上，開始整理自己的卡片。

「士道，你做了什麼樣的卡片？」

「我嗎？嗯……就普通雙六會出現的指令啊……」

士道看著自己的手邊，回答提出問題的十香。

「啊……不過有一張我寫的指令還滿有趣的，是普通雙六不會出現，只有在這個遊戲裡才會遇到的卡片。」

「這樣啊！真是期待呢！」

十香眼睛閃閃發光地說。士道面帶微笑點點頭後，收集其他人寫好的卡片，仔細地洗牌。

「那就用這些卡片……」

士道一邊說一邊將卡片排成一條路。雖然每個人只寫十張，但全部加起來就有一百張。像蛇一樣蜿蜒的道路鋪滿整張桌面。

然後在兩端擺上寫著「起點」和「終點」的卡片。

「好了，大功告成。那麼各位，把棋子放到起點上吧。」

「嗯！」

「了解。」

起點上擺著用剩下的卡片剪裁而成的棋子。二亞在紙的表面畫上所有人的插畫，就臨時製作來說算是做得非常可愛。順帶一提，骰子也是士道剛才剪貼紙張製作出來的。

雖然手工感十足，但玩從頭到尾都是自己親手製作的遊戲也是非常新鮮的體驗。

「好了，那猜拳來決定擲骰子的順序吧。贏的人先擲……」

「啊，等一下，少年。還有一件事沒有決定。」

「嗯？」

正當士道舉起手催促大家猜拳時，二亞說出這句話。

「還有什麼事沒決定？」

「就是第一名的獎品啊。沒有獎品，怎麼玩得盡興呢？機會難得，大家也將自己能提供的東西寫在卡片上，蓋起來放在終點如何？然後先抵達終點的人就可以得到全部的獎品。不需要多貴重的獎品，像是零食、小物品、按摩券之類的就行了。」

「唔……原來如此。這個點子也很有意思呢。」

士道說完，精靈們也點頭表示同意。

然後跟剛才一樣，大家在卡片上寫下獎品後，重疊放在終點。順帶一提，士道寫的獎品是「提議晚餐菜色的權利」。

「好了，那麼這次真的要開始玩嘍。來吧，剪刀石頭……」

「布！」

隨著口號聲，所有人一齊將手伸向前。在一群布當中，只有一個人出了剪刀。是耶俱矢。

「呵呵呵！是本宮勝利了！果然真正的強者不管願不願意，總會受到勝利女神的眷顧！」

耶俱矢心情愉快地如此說道，拿起骰子，然後擺出帥氣十足的姿勢將骰子扔到桌面。

「看我的！絕招．死賽穿牙彈！」

骰子「叩咚叩咚」地滾動後，擲出一點。

「什麼……！」

「是一點……呢。」

「嘲笑。不愧是強者，擲出來的數字就是不一樣。」

夕弦掩嘴竊笑。耶俱矢「哼、哼！」地從鼻間噴氣，移動棋子。

「看……看來汝等還不明白，這場比賽重要的不在於擲出的點數，而是寫在卡片上的文字！沒錯，吾之好運會帶領本宮抽到放在這裡的最強卡片！」

耶俱矢高聲說道，接著翻開第一格的卡片。

上面用可愛的文字寫著「休息一次」。

「為何～～！」

「捧腹。嘻！嘻嘻嘻嘻！」

耶俱矢淚眼婆娑地大喊，夕弦則是忍俊不禁地捧腹竊笑。於是，四糸乃一臉抱歉地說了：

「對……對不起……那一格應該是我寫的……」

「四糸乃，妳沒必要道歉，這個遊戲就是這麼玩的。反而要稱讚妳幹得好！」

「啊哈哈！琴里是明白人啊～～」

「四糸奈」晃著腦袋，像是在笑。琴里莞爾一笑後，拿起骰子。

「好了……那接下來換我。我丟。」

說完，骰子滾動。擲出五點。

「嗯，數字滿大的呢。我看看，卡片背面寫什麼……」

琴里翻開卡片，看見上面寫著「吃一碗年糕湯」的指示。

「喔喔！妳中獎了，琴里！」

十香拍了一下手心大喊。看來這一格是十香寫的。

不過，琴里看著卡片，露出為難的表情低吟。

「唔……第二碗啊。我過年本來就已經吃太多，這下子晚餐得吃少一點才行了……」

琴里說完，搓了搓肚子一帶，走到廚房將剩下的年糕湯盛進碗裡，吃得一乾二淨。可能真的吃太飽了，看起來腰帶勒得有點難受。

「好了，下一個是……夕弦嗎？」

「首肯。沒錯。」

夕弦點點頭，擲出骰子。

然後──有一段時間，士道等人都按照順序擲骰子，完成卡片上寫的指示前進。

折紙穿著振袖和服，輕而易舉地完成伏地挺身；十香歪著頭，看不懂耶俱矢寫的令人費解的

文章：二亞使出渾身解數，模仿「對士道表現出傲嬌態度的琴里」，被琴里用手肘撞了一下側腹

——就像這樣，所有人開心熱鬧地玩著遊戲。

然而——遊戲玩到第二輪時……

發生了一件令先前和樂融融的氣氛一百八十度大轉變的事情。

「……我想想，接下來該我了吧。」

七罪如此說完，擲出骰子，依照點數前進，翻開卡片。

「……什麼！」

看見上面寫的字，七罪屏住了呼吸。其他人一臉納悶地探頭看七罪的手上。

「怎麼了，七罪？上面寫了什麼？」

「呃……我來看看。『停在這格的人必須親吻美九的臉頰☆』……這是什麼指示啊！」

士道大喊後，所有人的視線便集中在美九身上。

「討厭啦，竟然有這種指令呀～～雖然有點難為情，人家也只能勉為其難地接受了～～」

美九如此說道，扭動身軀。看見她那睜眼說瞎話的模樣，所有人無不露出懷疑的表情。

「……話說，美九，這是妳寫的吧。」

「怎麼會～～！不過，就算是人家寫的，也沒有違反規則吧～～？」

「唔唔……」

聽見美九說的話，士道支吾其詞。的確，沒有規定不能寫這類的指令。況且這雖然是雙六，卻是二亞設計出來的遊戲。

「我說二亞，這種指令……」

士道望向二亞求救——卻止住了話語。

理由很單純。因為二亞臉上浮現邪惡的笑容，像是在表達「我等這種指令等很久了」。

「嘿嘿嘿……怎麼，少年？我說明規則的時候，你同意了吧？我個人完～全不覺得有什麼問題啊。」

「沒錯，規則上沒有任何問題。我也支持二亞。」

不知為何，折紙異常用力地點頭贊成二亞。

「什麼……」

這時，士道才終於發現自己的大意。到目前為止，士道等人停下的格子全是士道、十香、四糸乃所寫的卡片。卡片內容主要都是些類似「休息一次」的正統指令或是簡單的處罰，引起爭議的頂多只有夕弦寫的捉弄耶俱矢的指令罷了。

沒錯……直到第二輪開始，士道才終於發現這個遊戲真正的恐怖之處。美九、二亞，以及折紙，她們所寫的卡片整整有三十張，就像地雷一樣設置在桌面上。

「好了，七罪！不用客氣，儘管親吧！拖太久的話，遊戲可就無法進行下去喲。」

「唔……」

面對美九步步逼近，七罪臉頰流下汗水。

不過，或許是認為不能給大家添麻煩，只見她猶豫了一會兒後露出愁眉苦臉的表情。

「……妳閉上眼睛吧。」

「好～～！」

美九發出喜悅的聲音，閉上眼睛將臉頰湊向七罪。七罪握住拳頭下定決心後，羞紅著臉親了美九的臉頰一下。

「……這……這樣總可以了吧。」

「呀～～！新年一開始就好運當頭呢～～！」

美九發出高亢的嬌媚聲，扭動身軀。七罪瞇起眼鄙視地看著她，用和服的袖子擦拭嘴巴。

二亞見狀便拍了拍手。

「哎呀，真是讓我看見了美妙的畫面呢。羞怯少女之吻。啊，早知道就拍照存起來。」

「……不、不要拍啦。」

七罪露出打從心底嫌惡的表情。二亞「啊哈哈」地揮了揮手。

「然後，接下來換誰了？」

「那……那個……換我了。」

四糸乃聽見二亞這麼問，便畏畏縮縮地舉起手。看來四糸乃也跟士道一樣，發現了這個遊戲的危險性。她的表情透露出緊張感，擲出骰子。

「三……」

「卡片的背面寫的是……」

「……！」

「四糸奈」把卡片翻過來一看，四糸乃便瞬間羞紅了雙頰。

「怎……怎樣啦？這次寫了些什麼？」

琴里詢問後，四糸乃便拖拖拉拉地公開卡片。

上面竟然寫著「停在這一格的人要被男人拉腰帶，一邊轉圈一邊說：『別這樣～～！』」這種限定的指示。順帶一提，上面還畫著梳著古代髮髻頭的殿下拉開和服女子腰帶的插圖。

「什麼……！」

「啊，那張卡片是我寫的。」

士道說不出話來，然而二亞卻若無其事地說道：

「哎呀，我想說機會難得，就寫個能利用和服的指示。其實我沒看過現場表演的拉和服腰帶轉圈圈呢。哎呀，還好不是少年你抽到，真是慶幸啊……不，等一下，拉少年你的腰帶，讓你轉圈好像也……」

「……！願聞其詳。」

折紙興致勃勃地回應二亞的低喃。士道嘆了一大口氣後，把兩人拉開。

「不用聽……話說，指示中的『男人』……現場不就只有我是男的嗎！」

「啊，你終於發現了喔？這是二亞我送給你的精緻禮物喲。啾！」

二亞裝模作樣地說道，送了飛吻過來。士道翻了一個白眼，用手接住她的飛吻再扔回去。

二亞用胸口接下被扔回來的飛吻，彎下身體並發出大受打擊的聲音……這個精靈還是一樣反應真快。

「……總之，四糸乃，用不著勉強，知道嗎？」

士道語帶嘆息地說，並將手搭上她的肩。不過，四糸乃緊咬嘴脣，搖了搖頭。

「不……我會加油。剛才七罪也努力完成指示了……！」

「四……四糸乃……？」

「麻煩你了，士道……」

四糸乃凝視著士道，讓他無言以對。

不過，既然四糸乃都這麼說了，他也不好拒絕。士道下定決心後，目不轉睛地盯著四糸乃的雙眼。

「……妳真的要這樣做？」

「是……是的。」

四糸乃點頭稱是。士道隨後瞥了琴里一眼，於是琴里聳了聳肩像在表達「那也沒辦法」。

士道帶四糸乃到寬闊一點的空間，撫上她綁得整整齊齊的腰帶。

「四糸乃，我……我要拉嘍。」

「好的……！」

士道用力扯開四糸乃的腰帶，不斷拉扯。四糸乃嬌小的身軀宛如陀螺般不停旋轉。

「別……別這樣～～……」

四糸乃原地旋轉，有些害羞地發出聲音。看來她老老實實地遵守卡片上所寫的指示。士道的背後傳來精靈們「喔喔……！」的驚嘆聲。

不久後，原本纏繞住四糸乃身體的腰帶便全部解開。四糸乃可能是頭暈目眩，腳步搖搖晃晃，跌到附近的沙發上。

「四糸乃！妳還好嗎？」

「我……我沒事……」

「哪裡沒事，怎麼看都無法正常走路啊……」

四糸乃無力地回答。正當士道想扶起她時——卻停住了動作。

理由很單純。因為失去腰帶固定的和服敞開，四糸乃白皙的肌膚在和服內襯下襬處若隱若現。背後傳來美九的尖叫聲……順帶一提，可能是在轉圈時鬆開的，「四糸奈」身穿的和服腰帶也掉了。

「喔……喔喔……」

「好了，士道給我回來。」

正當士道臉頰泛紅僵在原地時，琴里從他背後走上前來，扶起四糸乃。然後簡單地幫她整理好凌亂的和服，帶她回到原來的位子……士道的妹妹在這種時候還真是可靠。

下一位玩家十香早已拿起骰子站在桌前。士道也跟在琴里的後頭，回到桌前。

「唔，七罪跟四糸乃都很令人欽佩呢。我也不能輸，喝啊！」

十香氣勢熊熊地擲出骰子，出現了六點。

「喔喔！前進好多格喔！唔，卡片的指示是……」

十香翻開卡片，將視線落在文字上，歪了歪頭。

「唔，這到底是什麼意思啊？」

「？上面寫了什麼？」

琴里探頭看十香的手邊，然後──

「……什麼！」

瞬間滿臉通紅，屏住了呼吸。

「唔，琴里，妳怎麼了啊？這是什麼意思啊？」

「呃，這個嘛，十香……」

「到脫掉士道的衣服這裡我還看得懂，但之後的——」

「哇～～！呀～～！」

琴里高聲尖叫，摀住十香的嘴。十香嚇得眼珠子直打轉。

看見琴里的反應，讓人不好奇卡片上寫的內容也難。精靈們探頭偷看卡片。

「什麼……！」

「……竟然！」

「哎呀～～！」

於是，除了一部分的精靈之外，其他精靈都露出與琴里相似的表情。

「怎……怎樣啦，上面到底寫了些什麼？竟然要脫掉我的衣服……」

「士道不能看！」

士道想像其他人一樣探頭看卡片時，琴里卻如此大聲說道，然後將卡片用力蓋回桌上。

「寫……寫這種指示的到底是誰！」

「……嘖！」

就在這時，折紙有些悔恨地咂了咂嘴。

「果然是妳啊～～～～～～！」

「我又沒打算陷害別人，本來是想自己走到那一格的。」

「這樣更恐怖好嗎！總之，十香！妳可以不用照卡片上的指示做！」

「唔……？可是，七罪和四糸乃都放下羞恥心照做了，我……」

十香將眉毛皺成八字形說道。結果，現在仍紅著臉頰的七罪和四糸乃用力搖搖頭。

「……呃……這個等級有點差太多了。」

「我……我也覺得情有可原……」

「唔、唔？」

十香露出納悶的表情，但還是表現出「既然兩人都這麼說了，那就算了吧」的態度，放棄執行指示。上面到底寫了什麼啊……

不過，事情果然沒有就此結束。折紙目光一閃。

「不遵從卡片的指示應該算違反規定。」

「妳……妳還真是不死心耶……」

「不過，既然無法執行，那也無可奈何。但條件是要擲骰子，照擲出的點數後退，如何？」

「……唔，真拿妳沒辦法。十香，妳可以接受嗎？」

「唔……」

十香只好心不甘情不願地將棋子退回後方。這下子原本是第一名的十香立刻掉到第四名。

十香這一回合結束。下一個輪到——士道。

不過，應不應該老實地繼續玩下去呢？士道握著骰子，小聲對琴里說：

「喂、喂，琴里。」

「嗯，什麼事，士道？」

「妳還問我什麼事，這樣繼續玩下去好嗎？她們寫的卡片還剩二十幾張耶……」

「要不然能怎麼辦……要是現在放棄玩這個遊戲，不就正中她們的下懷了嗎？」

「正中下懷……該不會……」

士道赫然抖了一下肩膀，望向最後那一格——疊著大家寫的「獎品」卡片，雙六的終點。

琴里大概從士道的視線推測出他的想法了，只見她點點頭。

「沒錯……她們真正的目的恐怕不是隨機配置的格子卡片，而是終點的『獎品』。無法履行卡片的指示時，必須遠離終點以示懲罰。從這一點來看，我想不會有錯。最先抵達終點的人可以得到全部的『獎品』……當然，也包括自己寫的『獎品』。」

「什麼……」

士道的聲音因戰慄而顫抖。結果，折紙、美九和二亞彷彿察覺到這件事，眼睛（似乎）閃了一下光芒。

「唔──那就只能繼續玩了嗎？可是，這樣下去……」

士道緊握住骰子，露出嚴肅的表情，琴里便微微點了點頭。

「我不敢要你放心，但我預估可能會發生這種情況，已經事先擬好對策了。」

「對策……？」

「沒錯。總之，現在繼續玩遊戲吧。」

「我……我知道了。」

士道如此說完，擲出手中的骰子。

骰出來的數字是──四。他前進四格，翻開卡片。

「咦……？」

看見卡片內容後，士道瞪大了雙眼。

不過這也是理所當然。因為上面寫著「停在這格的人之後可以有一次機會不執行卡片上的指示（也可將這個權利轉讓給其他玩家）」。

「……！琴里，難道這是！」

「你抽得還正是時候呢。沒錯──那就是我為防萬一想出的對策。」

琴里露出狂妄的微笑後，望向折紙她們。

「的確要在三十張卡片中不踩到一次地雷就抵達終點沒那麼容易，但如果有這種可以不執行指示的卡片，結果會如何呢？」

「喔喔！」

「妳太讚了，琴里！」

「…………」

聽見琴里說的話，折紙的眉毛微微抽動。

然而，她沒有表現出更強烈的反應，接著拿起骰子——因為士道的下一棒輪到折紙了。

「——二。」

折紙依照擲出的數字前進兩格，然後確認卡片上寫的內容後——輕輕吐了一口氣，垂下視線，將卡片面向其他人。

「什麼……！」

所有人異口同聲。不過，這也難怪。因為卡片上寫的內容是「若在場有人得到可不執行卡片指示的權利，可用這張卡片讓它失效」。

如打字般工整的文字，無庸置疑是折紙寫的卡片。

「保險起見，我也設置了這樣的卡片。」

「唔……可惡！」

聽見折紙說的話，琴里懊悔不已地緊咬牙根。

「呃，這與其說是雙六……根本已經變成集換式卡片遊戲了吧……？」

士道看著這樣的攻防戰，臉頰流下一道汗水。

——數十分鐘後。

五河家的客廳瀰漫著緊張感。

士道一群人依照順序擲骰子，執行卡片上寫的指示或是無奈地後退，持續進行遊戲。

……順帶一提，琴里、折紙、耶俱矢和四糸乃一樣被拉腰帶；四糸乃得坐到美九的大腿上；而十香和夕弦則是像花魁一樣露出香肩；到了七罪則是臉頰和露出的脖子被印上好幾個吻痕，癱倒在沙發上。該怎麼說呢……真是十分壯烈的情景啊。

另外，所有人的手邊都擺著便條紙，上面分別寫著「前進三格」、「讓某人休息一回合」、「可翻開某張蓋住的卡片，指定某人執行上面的指示」等文字。是琴里和想法與她相似的七罪設置的權利卡。雖然是抽到了以後隨時都能行使權利的卡片，但數量一多就容易忘記，因此像這樣記在便條紙上。

所幸折紙、美九、二亞這三大警戒人物擲出的點數不高，跟偶爾不得不退後的士道等人在差不多的位置。

然而——

「…………」

吞嚥口水的聲音響遍安靜的室內。

不過，這也是理所當然的事。不知是走了什麼霉運，終點前的六個格子全是美九、折紙和二亞所寫的卡片。

「讓美九含耳垂」。

「把現在穿的內衣褲跟士道交換。若是士道停在這一格，必須跟折紙交換」。

「跟位置最近的人玩野球拳，直到有一方脫個精光」。

「讓美九舔全身」。

「跟士道全裸玩雙人羽織（註：一個人披著短褂，另一個人藏在其身後將手穿過袖子，共同完成一件事）」。

「當二亞的裸體素描模特兒」。

當然，一開始所有卡片都是蓋著的。但所有人前進，翻開卡片後，無法執行指示又退後的結果，造成終點前的六格卡片全都翻了開來。

「這是……」

士道發出沙啞的聲音。

終點前的六格。當然骰子的點數是一到六。
換句話說，至少要執行其中一項指示才能抵達終點。
距離終點六格的「讓美九含耳垂」算是難度較低的指示，但看見剛才七罪抽到「讓美九留下吻痕」的卡片並執行完的慘狀後，就不敢說出這麼樂天的言論了。
然而總不能一直前進退後個沒完吧。士道環視了一下桌面。
折紙、美九和二亞擲的點數不高，依然跟士道等人處於差不多的位置。
不過，要是士道等人繼續進退不得，應該馬上就會被她們迎頭趕上了吧。
而——想必那三人將會勇往直前突破這個魔境。
如此一來，最先抵達終點得到「獎品」的將會是她們當中的一人。雖然不知道她們在卡片上寫了些什麼，但絕對必須阻止她們得到「獎品」。
「換……換我了啊。」
十香神色緊張地拿起骰子擲出。
擲出的點數是六。十香前進六格，來到距離終點兩格的位置。
也就是——「跟士道全裸玩雙人羽織」。
「唔。雙人羽織……是之前電視上玩的那個嗎？我要跟士道全裸……」
說到這裡，十香滿臉通紅。

「折紙，妳這個人腦……腦腦腦袋在想些什麼啊！」

「冷……冷靜點，十香！沒必要執行！只要退後就好！」

士道連忙安撫臉上快要冒煙的十香。

不過，十香卻紅著臉低吟了一下。

「可……可是，如果不執行，折紙她們就會抵達終點了吧？」

「唔……是……是沒錯啦……」

「唔……」

十香盤起胳膊低吟了一會兒後，抬起視線望了士道一眼。

「……士道你覺得如何呢？」

「咦？」

士道雙眼圓睜，十香便一臉難為情地繼續說道：

「就是……你覺得怎麼樣？不討厭跟我……一起玩雙人羽織嗎……？」

「咦，呃，我……」

聽見出乎意料的話語，士道語無倫次。他也是個青春期少年，怎麼可能會討厭。但若是說到該不該執行這張卡片，那又另當別論了。畢竟是在大家面前，再說，怎麼可以不尊重十香的意思，只憑卡片的指示就做出那種事——

不過，十香似乎下定了決心，緊握住拳頭靠近士道。

「只……只要士道不討厭，我……」

「十香……」

被十香夢幻般的雙眸凝視著，一時之間說不出話來。

不過，這樣的氣氛立刻被破壞。

「『十香……』個頭啦啊啊啊！」

被琴里如雷貫耳的聲音破壞了。

「幹嘛營造出奇怪的氣氛啊，當然不行啊！十香也是，不要讓士道產生那種念頭！」

「唔……唔，抱歉。不過，這樣下去就輪到折紙了喔。」

說完，十香瞥了桌面一眼。

現在離終點最近的，除了十香以外，就是差七格的士道。不過，折紙的棋子緊跟在他身後。

若是十香和士道往後退，她便會獨得冠軍。

但只要無法突破終點前的那六格，不管士道下一次擲出什麼點數，都只能向後退。

「唔……」

士道愁容滿面地環視盤面的局勢。如果不想辦法通過這一回合，就不可能阻止折紙了。

但士道已經束手無策。手上沒有權利卡，排在他棋子前的六張卡片全都翻了開來。若是有一張卡片是蓋住的，還有希望——

「嗯……？」

就在這個時候，士道發現了一件事。

排列在桌面上的卡片，扣除起點和終點共有一百張。然後隨著遊戲來到了終盤，卡片也接二連三被翻開，約翻開了九成。

不過，士道寫的某張卡片依然蓋著，沉睡在桌面某處。

「對了，如果是那張卡片……」

那張卡片跟折紙她們限定對象的懲罰以及琴里等人的特殊權利卡相比，寫的是極其正當的指示。當然，士道並不是在預料到這種情況的狀態下所寫的，只是單純想讓遊戲更加熱絡。

但那卻成了唯一能打破現狀的卡片。

不過，士道眼前只剩下翻開的卡片。只要拒絕執行卡片的指示，將棋子向後退，也許遲早會抽到，但這麼做的話，折紙她們反而會先抵達終點吧。

「啊——」

就在這個時候——

望向十香手邊的士道發覺了一種可能性。

十香已經擲完骰子。不過，如果是這個手段——

「唔……沒辦法。那我把棋子往後退，結束這一回……」

被琴里說服的十香露出悔恨的表情移動棋子，正打算宣布結束回合時，士道連忙大喊：

「等一下，十香！」

「唔？怎麼了，士道？你還是想玩雙人羽織嗎？」

「不，不是這樣……」

士道紅著臉乾咳了一下後，指向十香的手邊——現在十香擁有的權利卡一覽表。

「在妳結束回合之前，我想拜託妳一件事。請妳把寫在那裡的權利轉讓給我。」

「唔……？」

十香將一雙眼睛瞪得老大，偷看了一下自己手邊的便條紙。那裡寫著剛才十香獲得的「可翻開某張蓋住的卡片，指定某人執行上面的指示」的權利。由筆跡看來，應該是七罪準備的卡片。

通常卡片的內容只能由走到那一格的人行使，但以琴里的卡片為例，在這個遊戲裡可以將權利轉讓給別人。

「是可以啦……可是你要做什麼啊，士道？使用這種權利，要是抽到折紙她們的卡片……」

「的確有這種可能性。但是……我們要贏，就只能靠這個辦法了！」

「…………」

士道凝視著十香的雙眼如此訴說，十香便點點頭，將手邊的便條紙交給士道。

「那我就相信你。拜託你了，士道。」

「……好！」

士道用力點頭後，從十香手中接過便條紙。

然後高高舉起，大聲宣言：

「換我了！我要行使十香轉讓給我的權利！我要用它翻開一張還沒有公開的卡片！」

「…………」

聽見士道說的話，折紙抽動了一下眉毛，但似乎還無法推測出士道想做什麼。

士道吐了一口長氣後，目不轉睛地盯著桌面。

桌面還有八張卡片是蓋著的。起死回生的辦法就沉睡在其中一張上。

當然，士道並不知道是哪一張。他嚥了一口口水，將手慢慢伸向他鎖定的一張卡片。

不過——

「士道。」

「……！」

這時十香卻將手疊在士道的手上阻止他，令他不由得瞪大雙眼。

「咦？」

「…………」

十香靜靜地搖搖頭後，按住士道的手，然後移到隔壁的卡片上。

十香應該不知道士道的想法才對。然而——不知為何，士道卻不認為十香是出於開玩笑或胡鬧才做出這種事。

「十香——」

士道點了點頭回應她的目光後，加強手的力道。

「我——要翻開這張卡片！」

接著翻開卡片，確認上面的內容。

上面是士道的筆跡，寫著「將所有卡片都蓋起來，重新洗牌後再次分配」。

「——好耶！」

士道不由得握拳做出勝利姿勢。

沒錯。這就是士道的殺手鐧，將通往終點的死亡之路重新建構的唯一手段。

「——！」

「咦！竟然有這種卡片嗎～～！」

「哦……真有你的耶，少年。」

折紙三人表現出驚訝的反應。士道微微一笑後，將所有排成一條路的卡片蓋起來，收回手中，再次重新排列。

「然後！我要擲骰子了！點數是——五！」

士道讓棋子前進五格後，掀起放在那一格的卡片。

然後——確認內容，哼了一聲。

「看來，這世上真的有所謂的勝利女神呢。」

「咦……？」

「提問。你說這話是什麼意思？」

精靈們露出疑惑的表情。士道面帶狂妄微笑，將卡片「磅！」的一聲拍向桌面，揭開內容。

「是『前進兩格』的卡片！」

「咦！等一下。達令你剛剛已經前進了五格，所以……」

「沒錯——我抵達終點了。」

士道將棋子前進兩格，到達終點。

接著，慢了一拍後，理解狀況的精靈們發出「喔喔喔喔！」的聲音。

「士道，你……真厲害。」

「嗯！不愧是士道！」

「哼，今日本宮就把冠軍的殊榮讓給汝吧。」

「首肯。恭喜你。」

「……（顫抖顫抖）」

順帶一提，七罪躺在沙發上無力地舉起手。

「不過，虧你能在這種情況下抽中關鍵卡呢。」

琴里交抱雙臂發出讚嘆聲，如此說道。

「是啊……要不是十香阻止我，我早就抽中其他卡片了——對吧，十香？妳剛才為什麼會阻止我呢？」

「唔？」

十香雙眼圓睜。「喔喔。」她點點頭這麼說了。

「我不知道士道打算做什麼，但是……我覺得你本來想翻開的那張卡片上，隱約散發出折紙的味道。」

然後若無其事地說出這番話。這次輪到士道將眼睛瞪得老大。

「哈……哈哈。總之，多虧了十香。謝謝妳啊。」

士道伸出手畫圓般撫摸十香的頭後，面向折紙三人。

「——好了，結果是我贏了。不准說我要詐喔，要絕對服從卡片的指示吧？」

結果，三人竟然不以為意地點了點頭。

「沒有異議。恭喜你，士道。」

「唔～～雖然沒有舔到很可惜，但也無可奈何嘛～～」

「哈哈！你這想法還真有意思呢，少年，就像主角一樣哩。」

「咦？」

看見預料之外的反應，士道有點錯愕。當然，利用遊戲規則設下各種指令的是她們，應該不敢抱怨吧。但士道萬萬沒想到她們會如此老實地認輸。

然而，要是這時說了什麼不該說的話讓她們改變意見就傷腦筋了。她們一定也察覺到自己那方寡不敵眾，才那麼乾脆地認輸吧。

士道坦率地接受她們的讚賞後回答：「謝謝妳們。」

「——對了，士道，大家的獎品是什麼？」

正當士道吐出安心的氣息時，十香突然這麼說了。

也是，士道一心想著不要讓折紙她們得到獎品……既然大家承認他是冠軍，照理說他就能得到大家的獎品。

「嗯，對喔。既然都寫了，就來看看吧。」

「嗯！」

十香發出雀躍的聲音。士道拿起疊在終點的十張卡片，依序確認卡片的內容。

「我看看……琴里寫的是加倍佳棒棒糖限定口味；十香寫的是黃豆粉麵包；耶俱矢寫的是銀

飾；夕弦寫的是手工手環；四糸乃寫的是幫忙券；七罪寫的是『四糸奈』專用的帽子……這根本是以四糸乃獲勝為前提寫的吧。」

士道「啊哈哈」地苦笑，瀏覽下一張卡片。

「我看看，接下來是美九啊……咦？」

士道一瞬間目瞪口呆。

因為上面寫著「跟人家一起洗澡券。互相搓澡吧，達令」。

「什麼……」

儘管腦袋一片混亂，士道還是掀開下一張卡片。上面寫著「我房間的備用鑰匙」，還附上二亞的插圖。

不過，到這裡還沒有結束。最後一張是折紙的卡片，上面寫著——「造人券」這三個無比直接的字。

沒錯，宛如——早就預料到士道會得到這個獎品一樣。

「這……這是怎麼回事啊……妳們不是為了讓自己獲勝才寫的嗎……」

士道聲音顫抖著說道，三人便互相對視，接著開口：

「不是呀，人家想說只要利用卡片的指示煽動大家不安的情緒，達令你就一定會想辦法抵達終點～～」

「啊～～我懂、我懂。感覺主角光環會發揮作用一樣。」

「既然你得到那張券，我也只好恭敬不如從命了。」

說完，折紙敞開和服，靠近士道。

「噫！等……等一下！既然是券，應該由我來判斷要不要使用吧！」

「你仔細看看卡片，下方寫著這是自動發動型的券。」

「所以說，妳是不是跟卡片遊戲搞混啦！」

「沒問題。來吧，士道。」

「噫噫！」

士道發出窩囊的叫聲後，剛才還在發愣的精靈們突然抖了一下肩膀回過神，跑來阻止。

「喂，妳在幹什麼啊，折紙！放開士道！」

「沒……沒錯！你沒看到士道很困擾嗎！」

「討厭啦，也接受人家的獎品嘛～～要不然，大家一起洗也可以～～！」

「啊，少年，要把我家的備份鑰匙掛進鑰匙包喔～～」

……結果一如往常，又展開了一場混戰。

今年五河家似乎也會熱鬧非凡。

美少女遊戲二亞

GalgameNIA

DATE A LIVE ENCORE 6

「其實我……現在很在意一個人……」

有一天，本条二亞突然說出這種話。

一頭短髮、戴著紅框眼鏡是這名少女的特色，年紀頂多比士道大一些吧。她那令人擔心是否有正常吃三餐的身體穿著高領針織衫和丹寧褲。

到這裡為止的特徵，士道也十分熟悉。不過──表情跟平時的她有著微妙的差異。

總是笑得不正經的臉頰上泛起紅暈，雙眼微微濕潤。平常沒什麼女人味的二亞，現在卻宛如一名熱戀中的少女。

然而──

「…………什麼？」

士道擺出一臉打從心裡感到疑惑的表情，如此回答。

之後房裡陷入一陣沉默，開著沒關的電視流瀉出來的新聞播報聲聽起來格外響亮。似乎是銀行系統故障造成無法提領現金的情況。得小心才行。

……別誤會，士道完全沒有瞧不起二亞的意思。她也正值花樣年華，如果真的遇到令她心動的對象，士道覺得這是一件很美好的事情，也想幫她加油。

但是，士道不曉得二亞說的話能否照單全收……不，這麼說可能有點過於委婉。她根本是放羊的孩子。

士道深深呼吸了一口氣後面向二亞，臉上浮現溫和的微笑回應：

「所以，是哪部漫畫的角色？」

「你那慈愛的眼神是怎樣？」

二亞拍了一下桌面，發出高八度的聲音。

不過，也難怪士道會有這種反應。畢竟二亞是名符其實的漫畫迷，本人曾經表明只喜歡過二次元的人。這樣的少女突然表現出羞答答的態度，也只會讓人聯想到這個回答。

「咦？不是嗎？」

「才不是呢。少年你真是的，完全不懂少女心～～」

「…………」

「咦！幹嘛沉默？莫非你想說我沒有少女心嗎？」

「呃，我可沒這麼說……」

士道搔了搔臉頰，輕聲嘆息，接著說：

「……那麼，確實有這麼一個人物嘍？既然如此──我會支持妳。」

「咦，真的嗎？」

「是啊。也要看對方是什麼樣的人啦……但我沒道理對妳喜歡上真人這件事指手畫腳。」

士道說完，二亞饒富興味地瞇起眼睛。

「哦～～你不吃醋啊～～」

「幹……幹嘛突然這麼說……」

聽見二亞說的話，士道不禁皺起眉頭。

老實說……士道內心有點小鹿亂撞。

這也難怪。雖說是為了封印靈力才跟精靈們約會、接吻，但是士道很重視她們，想盡力為她們付出，不只是抱持著單純的戀愛情感。

當然——對於眼前的二亞也不例外。事實上，在得知二亞在意的對象不是漫畫人物的時候，士道的心頭確實掠過一股複雜的情緒。

但士道沒有資格限制二亞的思緒。這個事實導致士道內心十分不是滋味。

士道沉默不語後，二亞便像是察覺士道的心思般笑道：

「嘿嘿嘿，今天光是看到你那張表情就值得了。」

「別……別鬧了啦。」

士道唉聲嘆息後，繼續說：

「……所以，那個人怎麼了嗎？特地叫我過來，表示有事情要找我商量吧？」

沒錯。士道目前並不在自己家中，而是身處二亞住的公寓裡。二亞一大清早突然打電話給士道，表示有事想拜託，要士道立刻過來她家。

「嗯～～其實啊～～那個人雖然是個相貌端麗的天菜，卻有一個問題。」

「問題？究竟是什麼問題？」

士道歪了歪頭詢問後，二亞便將手抵在下巴回答：

「對方不喜歡我。」

「……所以，是妳單戀對方嘍？」

「算是吧。」

二亞啊哈哈地笑著回答。士道盤起胳膊回應：

「所以……妳要我怎麼幫妳？」

「簡單來說，就是希望少年你幫我把那個人追到手。畢竟你過去讓好幾名精靈對你意亂情迷嘛。」

「……怎麼感覺妳找錯人了呢……」

士道露出苦笑，臉頰流下汗水。感覺這種事情找琴里或令音還比較有幫助。

不過，二亞搖了搖頭，迅速站起來握住士道的手。

「才沒那回事呢。總之，我介紹你們兩個認識。」

「咦？現在嗎？」

「嗯。正所謂擇日不如撞日。還是說，你等一下有事要離開？」

「那倒不是……那個人在哪裡？」

「嗯？就在我家啊。」

「…………」

士道聽了，沉默了片刻。

「呃……我姑且確認一下，妳應該沒有監禁人家吧？」

「咦？」

二亞瞬間瞪大了雙眼，隨即撇開臉。

「偶才迷有。」

「為什麼怪腔怪調的！」

「啊哈哈，我鬧你的啦。我怎麼可能做出那種可怕的事。就算再怎麼喜歡人家，通常也不會監禁別人吧。怎麼？一下子就冒出這種想法，少年你該不會內心其實想囚禁喜歡的女孩吧？」

「怎……怎麼可能啊。只是……」

「只是什麼？」

「……不，沒事。」

士道難以啟齒說自己倒是有被人監禁的經驗，於是含糊其辭地帶過。

「總之，就讓我見見對方吧。」

「嗯，等一下。」

二亞說完便啟動放在桌上的電腦，螢幕上顯現出疑似戀愛模擬遊戲的標題。

「……這不是遊戲嗎！」

「嗯～～對啊。又不是漫畫角色。」

「我自認說話的語氣是表示妳又喜歡上哪個二次元角色的意思耶……」

士道嘆了一大口氣，在旁邊的椅子上落坐。

該怎麼說呢？無奈的心情和莫名的安心感互相交錯，全身無力。

或許是看見士道的反應，二亞玩味地露出滿意的微笑，開啟雙唇：

「咦？怎麼？你該不會是鬆了一口氣吧？覺得還好二亞沒被其他男人搶走？」

「才……才沒有呢。」

「咦？是嗎？」

「沒錯。我可是打算好好地支持妳……」

「哦？什麼嘛，原來我搞錯了嗎？……寫下來，少年喜歡NTR（被戴綠帽）……」

「不要惡意曲解我的意思好嗎！妳在筆記什麼啦，喂！」

士道大喊後，二亞揮動著不知從哪裡拿出來的筆記本，豪爽地笑了。

跟二亞說話總是被她牽著鼻子走。士道使勁地抓了抓頭後，舉白旗投降似的嘆了一口氣。

「……所以，妳是沒辦法攻略這個遊戲的角色嗎？」

「嗯，就是說啊～～我玩這類的遊戲算是經驗豐富，但這款遊戲的難度有夠誇張，我完全破不了關。」

「這樣啊……」

士道搓著下巴望向螢幕。

看起來是很正統的戀愛模擬遊戲。這方面他倒是擅長許多，勝過幫忙二亞去追求真實世界的男性。不是他在吹牛，他以前曾經玩過〈拉塔托斯克〉用心製作的訓練用戀愛模擬遊戲《戀愛吧！My Little SHIDO》，在選錯選項便會受到懲罰的條件下，他一次就過關了。

「所以，是哪個角色無法攻略？」

「喔喔，是這孩子。她叫丸那愛莉絲。」

二亞操作滑鼠，顯示出人物插圖——一個長相可愛的女高中生，回答士道的問題。

「……女生！」

「嗯，是啊……啊，還是說不是男性角色你就提不起勁來？抱歉、抱歉。」

「才不是。」

「寫下來……少年喜歡男生……」

「就說了，不要筆記這種危險的資訊！」

士道伸手想搶走二亞的筆記本，但在千鈞一髮之際失手。二亞拉開高領衣的領口，將筆記本塞進自己的衣服裡。

「啊！二亞，妳太卑鄙了！」

「嘿嘿嘿，你要是搶得到就過來搶啊。我倒是無所謂喔。」

說完，二亞扭動腰部。士道板起臉發出「唔……」的聲音。

「怎麼？你不搶嗎？真是的，少年你還是一樣純情呢。」

「煩……煩死了妳！」

二亞用手指戳了戳士道的鼻子調侃他。士道羞紅了臉移開視線。

「總之，我希望少年你幫我拿下這孩子。Understand？」

「……雖然有許多不滿，但我明白了。如果妳不嫌棄，我倒是可以幫忙。」

「真的嗎？呀！少年我愛你～～深得我心。我允許你來我家抱我。」

「……啊～～嗯。好，抱抱。」

士道冷漠地回答，做出哄小孩的舉動後，二亞一臉不滿地嘟起嘴脣。

「瞧你那話兒說得真冷淡，人家會哭哭的。」

「那妳就別老是說些令人難以反應的話啊。」

「啊，順便說一下，我剛才說的『那話兒』語帶雙關，你有發現嗎？就是啊，話語跟你下面那……」

「好了，開始玩遊戲吧，好期待喔！」

士道大喊打斷二亞說話。總覺得不能再讓她說下去。

「搞什麼啊，說來說去，你還不是幹勁十足嗎？」

二亞傻笑後坐到士道的旁邊，再次握住滑鼠。

然後操作螢幕，開始遊戲。

看起來沒什麼奇怪的地方。主角是學生，談戀愛的人選有同班同學、社團的學姊、打工處的同事等等。遊戲初期沒出現選項以供選擇，而是介紹主角的境遇和女性角色之間的關係。

「什麼嘛，很普通啊。哪裡難了？」

士道瞄了二亞一眼說道，二亞突然嫵媚地縮起肩膀，抬起視線凝視士道。

「其實我說難破關只是藉口，目的是把少年你帶進我房間。」

「好，回家吧。」

「啊～～我、我開玩笑的啦！」

士道作勢從椅子上站起來，二亞抓住他的衣襬。看來果然是開玩笑。

「妳啊，老是開玩笑的話，萬一碰到什麼事情時，可是沒人會相信妳喔。」

「啊～就是所謂放羊的孩子狼少年吧。不過，不是有句話這麼說嗎？男生都是大野狼，要小心才行。換句話說，狼少年就是男少年。男生×少年的意思吧。」

「喂，妳那個少年意有所指吧？」

「總之，你再繼續玩下去吧。」

說完，二亞點擊畫面，繼續往下玩。士道儘管感到納悶，還是安靜地注視著螢幕。

接著，畫面中的主角與二亞鎖定的女性角色愛莉絲開始對話。看來她是個難伺候的女生，總是挑剔主角的一舉一動。

「原來如此……現實中如果有這樣的人，感覺確實會挺難搞的呢……不過，這是遊戲角色吧？換句話說，有正確的選擇路線可以過關，不管個性看起來再怎麼麻煩……」

「等一下，選項快要出現了。」

二亞打斷士道的話，點擊滑鼠。

通常這類型的戀愛模擬遊戲會在每個段落設置選項，依照玩家選擇的項目來決定主角的行動。然後隨著選擇的選項不同而影響角色的好感度，進入不同的故事發展。

因此與動作遊戲和益智遊戲不同，即使沒有特別的技能，只要重玩幾次就能找到正確的破關路線。

所以，老實說士道搞不太懂為何二亞會說這個遊戲很難。

「……哦？」

不久後，正如二亞所說，螢幕上顯示出選項。

——充滿整個螢幕的眾多選項。

「也太多了吧！」

士道不禁大叫出聲。

這也難怪。通常這種遊戲一般只有三種選項，不過這個遊戲卻不是那個數目，目測至少有將近一百個選項吧。

「不對……」

士道露出銳利的眼神。仔細一看，畫面右側竟不知不覺出現了捲軸。二亞捲動螢幕後，發現下方還有更多文章。

「喂、喂喂……這是什麼啊？是要我們從中選擇主角的行動嗎？」

「就是說啊。而且之後也是連續跳出選項，依照選項組合的不同，故事發展的路線又會分得更細。另外，明明是戀愛模擬遊戲卻不能自由存檔。跟你說一下，我光是攻略愛莉絲就已經玩過八十種壞結局了。我都懷疑開發這款遊戲的人是不是神經病啊。」

二亞聳了聳肩，一副束手無策的模樣。

「……話說，這款遊戲根本不想讓人過關吧……怎麼會有這麼奇怪的遊戲啊，到底是哪家公司製作的？」

士道額頭冒出汗水詢問後，二亞便茫然地歪了頭。

「不知道耶。」

「妳不知道？妳有把包裝盒留下來嗎？就算是下載的，也有購買紀錄……」

「沒有耶，因為這不是我買的。」

「咦……？」

聽見二亞的回答，這次換士道歪頭納悶了。

「什麼意思？那這款遊戲是打哪兒來的？」

「嗯～～就是幾天前啊，我收到一封奇怪的郵件，上面只打了一個網址。我點擊那個網址後，就跳出這個遊戲的下載頁面。」

「這也未免太詭異了吧！」

士道忍不住高聲吶喊。明顯是詐欺手法啊。

「妳也太沒戒心了吧……那種網址不能點下去啦，搞不好會中毒或是洩露個人資料。」

「好啦～～」

二亞隨便回答，順帶一提，還是盯著螢幕上的角色回答，很明顯把士道說的話當作耳邊風。

士道嘆了一大口氣後，面向螢幕。

「總之……只能先選一個選項看看了吧。這個角色叫……」

「愛莉絲。」

「……現在好像是和愛莉絲第一次接觸的樣子。照理說應該要稱讚對方吧？」

「按照常理來說是這樣沒錯啦。不過……」

二亞無奈地瞇起雙眼，捲動螢幕。

「要朝哪個方向稱讚？臉蛋？身體？髮型？服裝？氣氛？直接稱讚？還是吟詩作對般地稱讚？各個選項中又分為許多詳細的比喻方式。像洋娃娃一樣？像天使一樣？像女神一樣？還有傾國傾城般的，你要選哪一個？」

「…………」

看到不斷向上移動，令人眼花撩亂的各式各樣的選項，士道抱頭苦惱。和真人女生對話時確實會冒出無限的選項，但真的像這樣顯示在眼前就令人不禁感到頭暈目眩。

然而，若是什麼都不選，遊戲便無法進展下去。士道抬起低下的臉，皺起眉頭繼續說：

「呃，我想想喔……我記得這個女生比較難取悅吧？那麼，不要選擇太過誇張的形容詞比較好吧？」

「哦，原來如此。那應該要選第一百二十九號的『妳的頭髮好漂亮喔』這類的吧？」

「嗯……是啊。先選這個看看好了。」

「ＯＫ！」

說完，二亞操作滑鼠點擊那個選項。於是——

『妳的頭髮好漂亮喔。』

『……啥？你誰啊？』

畫面中的愛莉絲露出疑惑的表情如此說道。士道不由得發出慘叫。

「畢竟是初次見面，這樣好像太超過了！」

不過仔細想想，確實也有道理。若是普通的美少女遊戲，這是標準的選項，但既然有如此大量的選項，或許應該更按部就班來才對。

「不，等一下。出現下一個選項了。」

「咦？」

聽見二亞的聲音，士道反射性地將視線移回螢幕上。表情帶有警戒的愛莉絲上方確實又出現了無數的選項。

「呃……總之，必須辯解才行。先選一次帶有歉意的選項後，再誇獎她一次最好。」

「原來如此。所以……應該選這個『啊……抱歉。因為實在太漂亮了，忍不住就……』？」

「雖然有一點做作……但還可以接受。」

士道說完，二亞點了頭並點擊那個選項。

『啊……抱歉。因為實在太漂亮了，忍不住就……』

『…………啊，是嗎？那我趕時間。』

愛莉絲露出像在看可疑人士的表情後離去。顯示在螢幕角落的愛莉絲好感度瞬間驟降。

「太寫實啦！」

士道不禁發出高八度的聲音。

聳立於五河家隔壁的精靈公寓當中的某個房間，夜刀神十香正目不轉睛地凝視著手上的智慧型手機。

「喔喔……沒想到手機竟然有辦法做到這種事情……！」

她微微顫動漆黑的美麗頭髮，水晶般的雙眸瞪得圓滾滾的，滑動手機螢幕。每滑動一次，喉嚨就發出「喔喔！」、「竟然！」的驚訝聲。

「……妳太大驚小怪了啦。話說，妳之前真的不知道除了打電話以外的功能啊？」

對十香如此說的是一名坐在床上的嬌小少女。她的頭髮翹得亂七八糟，板著一張臉。她是住在這棟公寓的精靈之一，七罪。

「嗯。我是有看過士道和琴里操作手機的模樣……唔，這實在是太厲害了。可以用這小盒子拍照、聽音樂、上什麼的對吧？」

「是叫作上網……嗎？」

緊接著回答的，是坐在七罪隔壁的精靈——四糸乃。她是個左手戴著兔子手偶的可愛少女。

沒錯。十香和四糸乃現在正在聽七罪講解手機的使用方式。兩人都拿到了琴里發的聯絡用手機，卻幾乎不懂得使用手機的功能。

「嗯……沒錯。最近的手機反而比較強調上網功能勝過通話功能呢。」

「唔……我還搞不太清楚，那個上網到底是什麼東西啊？」

「妳這麼問，我也很難說明……總之，只要記得是由電腦互相連結形成的網絡，在家卻可以做到許多事情就好。」

「許多事情……嗎？」

「可以做什麼樣的事呢～～？」

四糸乃和她的手偶「四糸奈」歪著頭詢問後，七罪便操作自己的智慧型手機回答：

「……這個嘛，比如說看影片、看新聞、和全世界的人交流……還有可以訂票、預約店家，訂外賣也可以不用打電話，上網訂就好。」

「什麼！可以做到這種事嗎！」

「真是……方便。」

十香和四糸乃眼睛閃閃發亮地說完，七罪的臉頰便流下汗水。

「……但是，裡面也有惡劣的網站，在自己能夠判斷之前最好跟熟悉手機功能的人一起使用。不過……琴里好像在妳們兩人的手機安裝了兒童鎖，應該不會連結到奇怪的網站……」

「唔，我搞不太清楚，但七罪妳真厲害，懂好多事情喔！」

「是的……七罪好棒喔！」

「沒……沒那麼了不起啦……」

兩人一臉佩服地說了，七罪便難為情地縮起肩膀。

「不，很了不起喔。我也要向妳學習才行！」

「七罪真是博學多聞……令人尊敬。」

「沒……沒有啦……我沒妳們說的那麼厲害……」

「別謙虛了，妳很聰明喔。」

「沒錯，七罪……真帥氣。」

「嗚……嗚嘎啊啊啊啊啊！」

就在七罪滿臉通紅大喊的同時，房裡的對講機響起「叮咚」聲。

「唔？」

十香歪了歪頭，走向對講機，望向上頭顯示出來的畫面。

這棟公寓頂多只有士道和琴里等〈拉塔托斯克〉的相關人員會造訪，所以十香原本以為這次也是其中的某個人上門，然而……並非如此。畫面中站著的是一名手裡拿著東西的陌生男子。

「誰啊？」

十香按下對講機的通話鍵詢問後，男子便發出精神奕奕的聲音說：

『等您久等了，我是PIZZA GRAZIE的人員！您訂的外賣送到了！』

「唔……？」

十香納悶地轉頭望向後方。於是，坐在床上的四糸乃和七罪面面相覷，搖了搖頭。

「我……沒有點任何東西。」

「……我也是……該不會是十香妳聽到可以上網訂餐就訂了吧……」

「我才沒有！再說，外賣會這麼快就送到嗎？」

十香說完，對講機再次傳來聲音。

『讓您久等了，這裡是淺蔥壽司！您訂的上等壽司五人份送來了！』

『這裡是蓬萊亭！您訂的十碗拉麵送來了！』

「唔……唔？這到底是怎麼回事啊？」

各式各樣的外賣接二連三地蜂擁而至。十香皺起眉頭感到困惑。

「啊……七罪、十香！」

這時，四糸乃像是發現了什麼事情似的凝視著窗外。七罪和十香也跟著望向窗外，納悶地皺起眉頭。

擴展在眼下的街道上有好幾輛披薩店和壽司店的機車，甚至有消防車、救護車和巡邏車來往穿梭。

「選這個……如何！」

——經過了數小時，士道點擊二亞交棒給他的滑鼠，選擇遊戲選項。

結果，終於稍微提升了愛莉絲的好感度。

「喔喔！有一套嘛，少年！不愧是精靈殺手！」

「別把人叫得那麼難聽好嗎！」

士道瞇起眼睛回答二亞後，唉聲嘆息。

在第一次接觸的對話中，有三個各有接近一千個選項的問題，而且如果沒有選中正確的組合，就會直接導向壞結局。士道總算通過了這個難度超高的關卡，精神已經相當疲勞。

「哎呀，我還是第一次看到愛莉絲的好感度上升到二位數呢。」

「前面的路還漫長得很呢……」

就在這個時候，士道的眉毛抽動了一下。因為選項的部分結束，畫面開始有所變化，故事往下發展。

看來主角似乎發現了在放學途中被不良少年糾纏的愛莉絲。此時又出現了一長排選項。

「這……必須救她吧。」

「是啊。是英雄救美，因而對男主角產生好感的模式吧。」

士道和二亞彼此點了頭後，選擇對不良少年說話的選項……雖然要說什麼話也有好幾種模式，總之先選個不會太標新立異的標準選項試試看。

『喂，你們沒看到那女生不願意嗎？住手啦。』

『啥？你是哪根蔥啊！』

於是，不良少年回以老掉牙的反應。基本上過程都跟想像中的差不多，接下來只要趕走不良少年，就能提升愛莉絲的好感度吧。不對，根據主角的設定，也可能朝主角反過來被不良少年打了個落花流水，愛莉絲報警，不良少年逃走，主角把頭枕在愛莉絲的大腿上清醒……這類的方向發展。

然而下一瞬間，顯示在螢幕上的畫面卻遠超乎士道的想像。

背景音樂突然切換成氣勢磅礴的類型，隨後原本由角色的全身插畫以及對話框構成的畫面突

然變成主角與不良少年面對面的畫面，畫面上方還顯示出生命值。

沒錯——宛如格鬥遊戲的畫面。

「啥！這……這是怎樣啊……！」

即使大叫，遊戲也不會等人。畫面中央出現「Ｆｉｇｈｔ！」的文字後，不良少年立刻攻擊主角。主角發出痛苦的聲音，生命值減少。

「喂，等一下啦，為什麼突然變成格鬥遊戲啦！我可是用滑鼠操作耶！要怎麼——」

在士道吼叫的期間，不良少年依然不停地攻擊……最後雙手還釋放出神祕的能量彈，擊倒主角。

「不會吧！」

「這是哪招啊！」

主角在二亞和士道的驚呼聲之下，留下「嗚哇……嗚哇……嗚哇……」帶有回音的痛苦叫聲倒地。

「…………」

「…………」

位於天宮市郊外的廢棄大樓，如今出現兩道人影。

一道是擁有淺色及肩齊髮的苗條少女；另一道則是特徵為藍紫色頭髮的高挑少女。

雙方都穿著風衣，戴著墨鏡遮蓋雙眼，手持硬鋁提箱，宛如黑手黨在做非法交易的打扮。

「——說好的東西呢？」

先開口的是苗條少女——折紙。而高挑的少女——美九則是輕笑著回答：

「來，在這裡。倒是折紙妳，沒有忘記吧～？」

「當然。」

兩人互相點了點頭後拉近距離，將手上的硬鋁提箱放在地面。

然後打開箱子，將箱子裡的東西展示給對方看。

「來，這是人家私藏的士織的寶貴相片～」

「這是錄下士道說夢話的長型抱枕。」

兩人介紹完自己的物品後嚥了一口口水，朝彼此的箱子走去。

「原來如此……只要緊抱住這裡……」

『嗯……唔唔……再睡五分鐘……』

「討厭啦！達令太可愛了，真令人受不了！」

美九抱著抱枕扭動身軀。折紙瞥了美九一眼，檢驗美九盒子裡的照片。

「——太棒了。」

照片上有從各個角度拍下的士道穿女裝的模樣，每一張都是折紙的收藏中所沒有的構圖。

「不過，人家有點意外呢。還以為折紙妳應該會有這種最基本的照片呢～～」

聽見美九說的話，折紙搖頭否認。

「『以前的我』是有沒錯。但在這個世界，我拍過照片的事實已經消失，因此當務之急是必須補齊資料。」

「啊……原來如此。」

美九點了點頭表示理解。

沒錯。這個世界曾經因為精靈的力量而改變了歷史。折紙因此得救，但——代價是失去了大部分長年收集而來的士道收藏品。

「驗貨完畢。那麼，交涉成立嘍～～」

「——沒有異議。不過，我想再跟妳商量一件事。」

「商量嗎……？」

「沒錯。我想要這些照片的原檔。當然，不會讓妳吃虧。我用那個抱枕裡的音源檔跟妳交換，如何？」

折紙說完後，美九的雙眼便釋放出閃耀的光彩。

「真的嗎～～！人家當然ＯＫ呀！那麼，人家立刻將檔案傳給妳～～！」

說完，美九拿出智慧型手機開始操作。

折紙也點了點頭，同樣拿出智慧型手機，打開保存在自家伺服器的檔案夾。

「…………？」

不過——她感覺不對勁而皺起了眉頭。

因為理應保存的各種士道的檔案，有一部分被置換成其他的檔案夾。

「這是……駭客入侵……？」

「呀啊啊啊啊啊啊啊！」

這時，美九突然尖叫，頹倒在地。折紙抬起頭衝向她。

「發生什麼事了？」

「達……達令……達令的照片……我的老天爺啊……」

美九臉色蒼白，發出空虛的聲音如此呢喃，宛如看見了不該看的東西的探險家。

「…………？」

折紙望向美九手上的手機螢幕。

上面顯示出的是一堆肌肉男交纏的照片，而非士道的照片。

「——嗚喔喔喔喔喔喔喔喔喔！」

「上啊！就是那裡！喝啊！」

士道在二亞的聲援下，使勁地按壓按鍵。畫面中的主角全身籠罩著奇妙的靈氣，連續攻擊不良少年。

順帶一提，現在士道手裡握著的並非普通的滑鼠，而是連結電腦的遊戲控制器。用滑鼠或鍵盤實在太吃虧了，二亞便從抽屜深處挖出了遊戲控制器來。

不過，即使用遊戲控制器，士道依然連續吃敗仗。理由很單純，因為對手太強了。

而第三十回合，經過無數次的敗北與學習，士道操縱的主角總算將不良少年逼入絕境。

「給你……最後一擊！」

士道滑動都快磨破皮的手指按下必殺技指令（這也是在屢次戰鬥中自己學來的）。主角雙手蓄積神祕的靈氣，一口氣朝不良少年攻擊。

不良少年被震飛，畫面上跳出期待已久的「You win」字樣。

「好耶！」

「太好了！」

士道猛然從椅子上站起，二亞情緒高昂地大喊並抱住士道。

士道只顧著開心……過了一陣子頭腦冷靜下來後，突然覺得難為情便一把推開二亞。

「二……二亞，別抱我啦。」

「咦～～怎麼～～？你害羞嘍？真是可愛。」

「別……別取笑我啦。重點是，要進入下一階段嘍。」

士道坐回椅子上，繼續玩遊戲。之前有如格鬥遊戲的畫面又回到原本的戀愛模擬遊戲畫面。

『妳沒事吧，愛莉絲？』

『要……要你多管閒事，誰要你救我啦……』

嘴上尖酸刻薄，好感度卻在上升。士道緊握拳頭。

之後故事順利地進行下去，甚至約好了要約會。

於是這個星期日，兩人在車站前碰頭，肩並肩走在街上。

「哦，進行得很順利嘛。」

「是啊。不知道會去哪裡約會呢。」

士道繼續進行對話——突然停下手的動作。

理由很單純。

『沒想到愛莉絲妳會來這種地方呢，有點意外。』

『有什麼關係嘛。我一直很想來遊樂場一次看看。』

「…………」

「…………」

看見畫面上的對話，士道和二亞不禁彼此對視。

因為極為不祥的預感掠過兩人的腦海。

「我說二亞，這……」

「呃，不會吧，怎麼可能……」

兩人臉上浮現乾笑，繼續進行對話後，這次畫面變成了音樂遊戲的介面，好幾個符號從上方快速落下。

「不會吧，我的天啊啊啊啊！」

「這是什麼鬼啊啊啊啊啊！」

公寓的一室迴蕩著兩人的哀號聲。

「喝啊！劃破黑夜，八舞不請自來！」

「來訪。我們來玩了，琴里。」

如此說著來到〈拉塔托斯克〉臨時司令室的，是長相一模一樣的雙胞胎精靈，八舞耶俱矢和

八舞夕弦。

〈拉塔托斯克〉司令五河琴里微微晃著用黑色緞帶綁成雙馬尾的頭髮，唉聲嘆了一口氣。

「……我說啊，雖然是臨時的，但這裡好歹也是司令室吧。」

「呵呵，別那麼不通人情嘛。本宮跟夕弦原本在玩的線上遊戲突然在維修，就有了閒暇。」

「禮物。請收下，這是在路上買的『La Pucelle』的奶油泡芙。」

說完，夕弦遞出一只美麗的盒子。琴里撇起嘴，發出「唔……」的聲音。

「真是的……真拿妳們沒轍。快要到休息時間了，就來吃下午茶吧。」

琴里語帶嘆息地說完，耶俱矢和夕弦便對彼此莞爾一笑，伸出一隻手擊掌。

不過，就在琴里打算離開座位的時候——

「——司令，不好意思，請您看一下這個。」

位於司令室下方的一名船員——椎崎如此說道，將主螢幕上的某個畫面展示給琴里看。

「這是？」

「剛才似乎有人透過網路攻擊〈佛拉克西納斯〉ＡＩ的樣子。」

「妳說什麼？有受害嗎？」

「沒有。ＡＩ事先隔離了攻擊程式。不過……」

「不過什麼？」

「是的，我因為在意而調查了一下，這個攻擊程式似乎並非衝著〈拉塔托斯克〉而來，而是隨機散布。看來是把鍵有網址的郵件寄到個人信箱，使人點擊偽裝成遊戲的假檔案，再以此為起點大範圍擴散……」

聽完椎崎說的話，琴里皺起眉頭。

「……被那程式攻擊的話會怎麼樣？」

這時，同樣坐在下方的其他船員紛紛表達意見。

「司令，現在全日本似乎發生了多起要求緊急車輛出動，或是惡作劇點外賣的事件。」

「好像也發生了把保存在大眾或個人伺服器裡的檔案置換成其他檔案的事態……」

「今早起銀行ＡＴＭ故障，原因似乎也是出於此。病毒還在擴大中。這……如果放著不管，會引起大問題的。」

聽見船員們說的話，琴里露出嚴肅的表情。

「我們不是這方面的專家……但也不能不管。讓〈佛拉克西納斯〉ＡＩ分析那個病毒吧。」

「是！」

「耶俱矢、夕弦，不好意思，可能要等一下才能吃下午茶了。」

琴里說完，八舞姊妹可能是察覺到事態的嚴重性，老實地點了點頭。

「嗯……好。」

「聲援。請各位加油。」

琴里點頭回應後，將身體面向主螢幕。

「呼……呼……呼……」

「唔哇……累死人了……」

又過了幾小時，士道和二亞精疲力盡地累趴在原地。

好不容易通過了音樂遊戲，主角和愛莉絲又接著玩賽車、益智、射擊、吃角子老虎、賽馬等各類遊戲，士道和二亞也不得不照著玩。

而且每個遊戲都超級難。儘管兩人輪流玩，疲勞還是到達了顛峰。

不過，愛莉絲似乎還玩不夠的樣子。她在畫面中移往下一個遊戲。

『我接下來想玩這個。』

『咦？這是……』

主角說話的同時，遊戲中顯示出遊戲的畫面。上面畫著好幾張麻將牌，以及性感十足的半裸女生的插圖。

「……為什麼要在約會時玩脫衣麻將啦！」

士道不禁發出高八度的聲音。沒錯，愛莉絲選擇的是所謂的脫衣麻將，打麻將輸的人必須脫掉衣服。

不過，抱怨遊戲本身也毫無意義。必須跟之前的遊戲一樣，過了這一關，故事才能繼續發展下去。

「哦……麻將啊。好，這一關就交給我吧。」

二亞捲起衣袖，握住遊戲控制器。

「二亞？妳很會玩麻將嗎？」

「呵呵，還行啦。以前我曾經通宵線上對戰過。」

二亞自信滿滿地說道，開始玩遊戲。於是，電腦自動開始發牌——

下一瞬間，畫面上跳出「天胡」這兩個字，顯示出對方的牌。

「什麼……！」

二亞見狀，一臉愕然。不過，這也難怪。麻將基本上是靠吃牌、摸牌來湊牌型的遊戲，但「天胡」等於是在發完牌就已經胡牌，類似無法反擊的必殺技。

簡單來說，二亞還沒有出手就已經輸了。老實說，跟電腦玩，然後敗在這種局面真是太不合理了。

不過，士道和二亞也無可奈何。二亞不耐煩地皺起眉頭，但還是打起精神按下按鍵。

「可惡，下一局。」

然而，就算二亞按了無數次按鍵，遊戲都沒有重新開始。畫面上反倒跳出了一個訊息視窗。

『電腦勝利。請玩家脫一件衣服。』

「啥……？搞什麼鬼啊？」

二亞一臉困惑地連續按下按鍵。但每按一次按鍵，擴音器便響起錯誤聲。

「這的確是脫衣麻將沒錯，但玩家有沒有脫衣服，電腦怎麼可能知道……」

就在這個時候，二亞止住了話語。

然後像是察覺到什麼事情一般，注視著設置於兩人玩遊戲的電腦螢幕上方的攝影機鏡頭。

「……該不會是用內建的攝影機來檢查吧？真的要脫衣服才能重新開始遊戲嗎？」

「呃，這到底是什麼荒唐的遊戲啊……假設真是如此好了，也沒必要為了玩遊戲做到這種地步吧。」

「就……就是說啊……」

二亞聽了士道說的話，也表示同意。

然而就在此時，畫面出現了變化。脫衣麻將的角色勾了勾手指，說出『還沒脫嗎？不想玩的話就快點給我滾蛋，喪、家、犬』這種挑釁的話。

二亞的額頭瞬間冒出青筋。

「誰怕誰啊！脫就脫！」

二亞大喊，有些自暴自棄地脫掉身穿的丹寧褲，露出十分性感的黑色內褲和吊帶襪。由於上半身依然穿著高領針織衣，上下身的反差無比色情。

「喂、喂，二亞。」

士道連忙移開視線。不過，二亞絲毫沒有表現出害羞的模樣，死盯著電腦。

於是，至今為止彷彿凍結的畫面產生了變化，再次發起了牌。

「果然如此啊……哼，竟敢小看本小姐。也罷，我會讓你後悔。我的內褲可不是說脫就能脫的。」

二亞眼神專注地盯著畫面。

然而，畫面上再次出現「天胡」兩個字。

「搞、屁、啊啊啊啊啊啊！」

二亞大吼，扔掉手上的遊戲控制器。

「啊啊，可惡啊！我絕對要脫光這個臭女人的衣服！」

二亞憤恨不平地說完，抓住身上的高領上衣一口氣脫掉。看來她裡面沒有再穿一件襯衫，全身只穿著貼身衣物，不成體統。

「喂、喂，妳冷靜一點啦。妳要是再輸下去，事情可就大條了！」

「少囉嗦，看我的！我絕對會讓這傢伙露胸給你看！」

說完，二亞猛然指向畫面上的女孩。順帶一提，那終究只是遊戲裡的另一個遊戲中的登場人物，並不是她鎖定的愛莉絲。

「妳又說這種下流的話了……話說……」

士道羞紅著雙頰瞥了二亞一眼。

「……妳平常都穿那種內衣褲嗎？」

「咦？啊，那倒不是。這是因為少年你要來，我怕萬一發生什麼事，保險起見才穿的。」

「妳是假設了什麼情況啦！」

「我想想看喔。」

「抱歉，用不著具體說出來！」

士道搖搖頭制止二亞。

顯示於〈拉塔托斯克〉臨時司令室主螢幕上的地圖逐漸染紅。

那是被之前提到的病毒侵害的地域圖。宛如水滲透進紙一樣，接連不斷地擴大版圖。

「唔……這個擴散的速度是怎樣？未免太不尋常了。」

「恐……恐怕病毒已經潛伏在網路上好幾個月了。可能是擴散到無法輕易刪除的規模後才加載了具有攻擊性的程式……！」

「嘖……這到底是怎麼回事啊……！」

琴里愁容滿面。此時，司令室突然響起警報聲。

「什麼事！」

「是……整……整個國內病院的醫療器材都確定感染了病毒……！損害還很輕微，但放著不管的話，會危害到患者的性命……！」

「妳說什麼！分……分析得怎麼樣了！」

琴里大喊後，分析官村雨令音便發出睏倦的聲音回答：

「……剛好分析完畢。結果……相當有意思呢。」

「怎麼說？」

「……這不是普通的電腦病毒，而是會自己學習成長，接近ＡＩ的程式。」

「等……等一下，這種事情……」

「……沒錯。用普通的技術不可能製造出這種東西。」

「難道是——ＤＥＭ……！」

琴里滿腹怒意，唾棄般說道。沒錯，DEM Industry，是琴里他們所屬的〈拉塔托斯克〉的敵人，也是擁有超乎常識的技術的組織。

「……這麼想比較恰當吧。不過，從病毒的行動看來，並不像是DEM要攻擊我們。真要說的話……沒錯，更像是被DEM捨棄的資料留在網路上，不斷繁殖的感覺。」

令音一邊操弄著控制檯一邊說道。琴里皺起臉孔。

「總而言之，這個病毒對社會造成威脅一事還是沒有改變……中津川！」

「是！我馬上根據分析資料寫出解毒程式！」

「要花多久時間！」

「大概需要一百八十分鐘……！」

「唔……太慢了。盡量快一點！」

「是……了解！」

中津川操作控制檯。就在這時，他似乎發現了什麼事情，不停眨著眼鏡下的眼睛。

「司令，病毒程式中有一列奇怪的文字……」

「文字？」

「是的。」

中津川敲了一下按鍵。接著，英文文章便翻譯成國語。

「……『說愛我』？這是怎樣？」

「不……不知道。我也一頭霧水——」

就在這時——室內再次響起刺耳的警報聲，打斷中津川說話。

「這次又怎麼了！」

「這是……某國的軍事衛星被病毒控制了！」

「不會吧……竟然連衛星都中毒了！」

「衛星準備開始攻擊！目標是……這裡！天宮市！」

「什……」

「難道我們正在寫解毒程式這件事被發現了嗎！怎麼可能……」

琴里緊咬牙根。

「這樣下去會來不及。到底該怎麼辦——！」

「…………」

「…………」

遊戲開始後，不知道過了幾個小時。

士道和二亞兩眼無神地盯著畫面。

在那之後，好不容易在脫衣麻將中獲勝，故事進展了不少。愛莉絲的好感度也總算慢慢上升，一開始冥頑不靈的她漸漸打開了心房。

不過，在故事高潮時出現的選項令士道兩人停下手的動作。

選項本身跟之前讓人選得累得要命，以量制人的類型一樣。但是——數目的位數卻不同。再怎麼往下捲動也看不見盡頭的無數選項，不管選哪一個，遊戲都無法進行下去。一成不變的狀況令兩人的疲勞倍增。

二亞聽著隔一段時間便會自動循環的背景音樂，發出沙啞的聲音：

「……吶，少年。」

「……什麼事，二亞？」

「差不多該放棄了吧。時間已經很晚了，就算無法破關，世界也不會毀滅……」

聽見二亞說的話，士道沉默了片刻，然後唉聲嘆了一口氣。

「……妳想停就停吧，我沒意見……」

士道搔了搔臉頰，含糊其辭。士道確實也累了，而且必須快點回家做晚餐……不過，有一件事他很好奇。

「……二亞，我問妳喔。」

「嗯，什麼事？」

「妳為什麼那麼想追到這個叫愛莉絲的女孩子啊？是因為身為玩家，怎麼樣都想過關嗎？」

士道詢問後，二亞「啊哈哈」地苦笑。

「也是有這個因素啦……但這女孩似乎很不坦率，不太相信別人的樣子。該怎麼說呢……我覺得很像不久前的我。」

「……啊──」

士道瞪大了雙眼。聽她這麼一說，還真的是呢。儘管長相和個性截然不同，但想要相信別人卻做不到的這種莫名的焦慮感……確實很像二亞。

所以──二亞才想幫助這個女孩吧。藉主角的名義，親手拯救她。

二亞有些難為情地笑了笑，再次嘆了一大口氣。

「──話說回來，我壓根兒也沒想到竟然會這麼困難。浪費了你這麼多的時間呢，該怎麼補償──」

就在此時，二亞止住了話語。

看著士道慢慢坐起身，再次握住遊戲控制器。

「少……少年？」

「……再加把勁就能破關了。好好選吧。」

士道說完，二亞呆愣了一會兒後微微一笑。

「……哈哈，少年，應該有不少女人煞到你吧。」

「妳……妳在說什麼啊？快點。」

「嗯……」

士道和二亞將視線移回螢幕上，再次確認狀況。

主角和愛莉絲兩人並肩站在小山丘上，俯看擴展在眼下的城鎮夜景。

這時，愛莉絲第一次吐露她的心聲。

『我……出生在這個世上有意義嗎？沒有人肯愛我。』

這一定是攻陷愛莉絲的關鍵點。她因為家庭環境不幸福，害怕對別人敞開心房。

就在這個時候，出現了選項。恐怕——有一萬以上的龐大字詞。

士道和二亞將眼睛睜得像盤子那麼大，瀏覽那些選項。

不過……怎麼樣都找不到令人眼睛為之一亮的選項。

「唔……這是怎樣啊？只有數量多，卻沒有準備像樣的答案。」

「嗯……不過，既然是遊戲，應該有辦法過關才對。」

「正常來說是這樣沒錯，但使用攝影機監視玩家有沒有脫衣服的遊戲……」

話說到一半，士道赫然瞪大雙眼。

沒錯，二亞挑戰過的脫衣麻將。它自動啟動電腦的攝影機來判定玩家有沒有確實接受懲罰。

那麼搞不好——

「欸……二亞，這台電腦有沒有安裝——麥克風？」

「咦？嗯，我記得有內建……你該不會……」

想必二亞也察覺到士道的心思了，她一臉吃驚地瞪大雙眼。

士道點了點頭，朝電腦說話。

說出畫面中沒有顯示出來的選項字詞。

「……我愛妳。」

然後，二亞也接著發出聲音：

「嗯……我也是。謝謝妳……出生在這個世上。」

於是——

『……嘿嘿嘿。』

螢幕上從未展露過笑容的愛莉絲莞爾一笑。

『謝謝你。我也愛你。』

然後畫面閃閃發光……走向主角與愛莉絲兩情相悅的結局。

士道望著這幅美麗的光景，呆愣地發出聲音：

「破……破關了嗎？」

「好像是……呢。」

士道與二亞全身無力了一陣子後——

「讚啊～～～～～！」

「喔耶～～～～～！」

立刻大叫出聲，抱住對方。

臉龐染上緊張之色的琴里因為突然發生的事態而眉頭深鎖。

——原本響徹〈拉塔托斯克〉臨時司令室的警報聲突然停止了。

「什麼？到底是怎麼回事？」

「司、司令！原本被病毒操縱的軍事衛星恢復正常的狀態了！」

「不僅如此！其他本來確定中毒的電腦也恢復正常，沒有中毒的反應了！」

「什……這是怎麼回事啊？」

「不知道……只是原本蔓延的病毒似乎只留下一個文字檔案，便自行毀壞了。」

「文字檔案？能打開來嗎？」

「是！」

船員聽從琴里的指示，打開那個文字檔。

『謝謝你。我也——愛你。』

「……？這是什麼……」

琴里一臉困惑地歪著頭。

◇

當天晚上，士道帶著二亞回家後，十香、四糸乃和七罪三人便一臉擔憂地出來迎接。

「喔喔，你平安無事啊，士道！你這麼晚回來，我很擔心呢！」

「啊哈哈……抱歉、抱歉，我去處理一些事。我馬上準備晚餐，妳們等我一下。」

「唔……可是士道，你看起來很累的樣子耶。還好嗎？」

「我沒事。好了，四糸乃和七罪也去客廳等吧。」

士道催促後，精靈們只好乖乖地走向客廳。

雖然正如十香所說，士道真的很疲累，但是……從早上一直玩遊戲到現在，然後沒心力做晚餐，這樣實在太窩囊了。士道苦笑著打開冰箱，拿出冰箱裡放的食材，開始準備遲來的晚餐。

不知道經過多久，玄關的門打開，莫名一臉倦容的琴里和八舞姊妹立刻走了進來。

「喔，琴里、耶俱矢和夕弦。妳們回來得好晚喔，怎麼了嗎？」

士道詢問後，琴里沒有洗手、漱口就撲倒在沙發上，放鬆手腳。

「還能怎麼了……今天超驚險的。」

然後她慢慢抬起頭，說明今天所發生的事。

似乎是有神祕的電腦病毒擴散到全日本，差點造成大災害。

「是喔……原來發生了這種事啊。不過，既然解決了，就表示是〈佛拉克西納斯〉的ＡＩ幫忙化解危機的吧？」

「……不是。我們會得救真的是偶然。好像世界上有人解開了設置在病毒裡的難解暗號。」

說完，琴里聳了聳肩。

二亞和士道聽了——

「是喔。」

「真是人外有人呢。」

老實地發表佩服的感言。

Kadokawa Fantastic Novels

約會大作戰DATE A LIVE 安可短篇集 6

（原著名：デート・ア・ライブ　アンコール6）

2017年12月14日　初版第1刷發行
2024年5月27日　初版第5刷發行

作　者：橘公司
插　畫：つなこ
譯　者：Q太郎

發行人：台灣角川股份有限公司
總　監：呂慧君
總編輯：蔡佩芬
主　編：林秀儒
編　輯：孫千棻
設計指導：陳晞叡
美術設計：吳佳昫
印　務：李明修（主任）、張加恩（主任）、張凱棋、潘尚琪

發行所：台灣角川股份有限公司
地　址：104台北市中山區松江路223號3樓
電　話：（02）2515-3000
傳　真：（02）2515-0033
網　址：www.kadokawa.com.tw
劃撥帳戶：台灣角川股份有限公司
劃撥帳號：19487412
法律顧問：有澤法律事務所
製　版：巨茂科技印刷有限公司
ISBN：978-957-853-120-8

國家圖書館出版品預行編目資料

約會大作戰DATE A LIVE安可短篇集 / 橘公司作
; Q太郎譯. -- 初版. -- 臺北市 : 臺灣角川,
2017.12-
冊； 公分
譯自：デート・ア・ライブ アンコール
ISBN 978-957-8531-20-8(第6冊：平裝)

861.57 106019789

精靈動畫配音

AnimationSPIRIT

DATE A LIVE ENCORE 6

「隨時隨地都在你身邊！本条二亞華麗登門拜訪！」

說出這種類似便利商店宣傳語或是惡劣跟蹤狂般的話語出現在五河家的，是一名戴著眼鏡的短髮少女。

正如本人報上的名號，她叫本条二亞，住在市內高樓公寓，是個當紅漫畫家，也是士道封印靈力的其中一名精靈。

「哼哼哼～～哼哼哼～～♪」

二亞心情愉悅地踏著輕快的腳步走進客廳後，環顧一圈坐在那裡的精靈們。

「哈囉，十香，日安啊。妹妹妳好啊。小美、小四、耶耶、夕夕、小折折，妳們今天也很可愛喔。啊，七果，當我助手的事妳考慮得怎麼樣了？」

「唔，日安是早安的意思嗎？已經下午了耶……」

「咦，妳該不會剛剛才起床吧？熬夜不要熬太久啦。」

「……話說，隨便把漫畫用的畫筆跟墨水塞到我家信箱的，果然是妳吧……」

大家妳一言我一語地說完，二亞便「啊哈哈」地笑著原地轉了一圈，坐到沙發上。

平常就很開朗的二亞今天情緒似乎特別高亢。士道聳了聳肩發問：

「怎麼了，二亞，是發生了什麼好事情嗎？」

於是二亞驚訝得瞪大雙眼，然後露出滿足的微笑。

「哎呀，看得出來嗎？不愧是少年，心有靈犀一點通呢。只好跟你結婚了。」

「是、是……所以，發生什麼事了？」

士道隨意帶過後，二亞便「嘿嘿嘿」地發出笑聲，然後從手上的包包拿出用長尾夾夾住的一疊紙，放到桌上。

「嗯？這是……」

士道拿起來快速翻閱後，抽動了一下眉頭。

Ａ４的紙張上畫著框線，框線內畫了好幾幅類似草稿的圖畫。

士道一瞬間以為是漫畫的草稿，但……好像不是。他也是第一次看到實品，這是——

「這是……動畫的？」

「沒錯！這是動畫的分鏡腳本！」

二亞猛然豎起右手食指，左手扠腰，高聲宣言。聽見這句話，其他精靈無不瞪大了雙眼。

「動畫？所謂的動畫就是那個吧？那些畫會動吧？」

「就像蜜絲緹一樣……嗎？」

「驚愕。難道二亞的漫畫要製作成動畫嗎？」

夕弦說完後，二亞大大地點了點頭。

「就是這樣！很厲害吧！」

二亞擺出自傲的態度。精靈們為她歡聲鼓掌。

「咦，可是《SILVER BULLET》已經改編成動畫了啊。」

「嗯。這次改編成動畫的不是那部，而是我以前畫的《死靈年代記》。」

「啊……我以前好像有看過。是有殭屍出現的那部吧？」

《死靈年代記》，記得是二亞——本条蒼二在連載《SILVER BULLET》初期與月刊雜誌同時在畫的恐怖動作漫畫。雖然早已完結，但硬派風格廣受歡迎，現在依然魅力不減。

「真的嗎？感謝你的支持。就是那部《死靈年代記》要改編成動畫。不過是出OVA……現在沒有人這麼說了吧？總之不是在電視播放就是了。」

「是喔，還真厲害呢。恭喜妳，二亞。」

「嘿嘿嘿，被恭喜了。今晚的晚餐會煮紅豆飯嗎？」

二亞打趣地說道。士道臉頰流下汗水。

「我說妳啊……」

「唔？為什麼要煮紅豆飯？」

十香一臉納悶地歪了頭。士道不知道該怎麼回答，用埋怨的口氣呻吟道：「二亞……！」

「啊哈哈，抱歉、抱歉。然後啊，我不是要表達歉意才這麼說的喔，少年你對動畫配音現場有興趣嗎？」

「咦？」

聽見突如其來的提問，士道發出錯愕聲，都忘記要抱怨二亞的事了。

「配音現場？」

「沒錯、沒錯。就是後期配音，配音員會看著畫面說臺詞的那個。」

士道聽了瞪大雙眼，發出表示理解的聲音。記得以前曾經在電視上看過潛入動畫製作現場這類的特輯。

「說沒興趣是騙人的，畢竟平常看不到嘛。」

「對吧。對方說可以帶朋友去參觀，方便的話，大家一起去吧？」

精靈們聽了，瞬間眼睛都亮了起來。

「喔喔……！我要去、我要去！」

「我……我也是……！」

「哎呀，不錯耶～要不要人家幫忙唱主題曲呀～～？」

「……咦！這種事情可以擅自作主嗎？」

「！七罪……沒想到妳竟然如此關心人家！人家好感動喔！」

「我不是那個意思……喂，放開我……嗯嗯！嗯嗯嗯嗯！」

精靈們興奮得七嘴八舌討論了起來。其中約有一名受到美九熱情的擁抱，臉部被壓進美九的胸部而陷入呼吸困難，但還算是誤差的範圍吧。

士道對美九說：「適可而止喔……」然後面向二亞。

「不過，這麼多人去，不會打擾到配音工作嗎？」

「沒關係、沒關係。對方說這次用的錄音室特別大。啊，搞不好還能幫忙配吵雜聲喔。」

「吵雜聲……？」

聽見二亞說的話，四糸乃歪了頭。於是，二亞大大地點了點頭回答：

「動畫裡不是會出現街上、教室、演唱會會場之類除了主要角色之外的群眾在後方聊天的畫面嗎？就是那些吵雜聲。」

「對……是會出現呢！」

四糸乃將一雙眼睛瞪得圓滾滾的如此說完，耶俱矢便抽動了一下眉毛。夕弦見狀，也像是察覺到什麼事情一樣做出同樣的反應。

「哦……換句話說，吾等魔性的聲音將會被閃耀的圓環封印，存活在永劫的時空嘍？」

「解說。所以夕弦等人的聲音可能會被收錄進動畫之中嘍？」

夕弦立刻翻譯。聽見她的解說，二亞豎起大拇指。

「簡單來說，就是這樣沒錯。怎麼樣？很有意思吧？啊，這是原作漫畫，有興趣的話就看一下吧。」

二亞說完，精靈們閃閃發亮的眼眸更加明亮了。

「喔喔……！這是什麼，好棒啊！」

「哦～～妳竟然能畫出這種東西啊。」

「好厲害喔……！」

士道看見這種反應也難以拒絕。他輕聲苦笑後，點頭答應。

「嗯……機會難得，那我們就叨擾了。」

「喔——！」

聽見士道說的話，精靈們一齊發出聲音。

二亞見狀，嘴角上揚露出邪惡的笑容，然而……沒有一個人發現。

◇

幾天後，二亞帶著士道一行人拜訪都內的錄音室。

錄音室位於商業街旁的小路，一棟外觀平凡的大樓內。入口雖然寫著「葛雷錄音室」，但乍

看之下完全想不到會在這裡面進行動畫配音。

「就是這裡。工作人員應該在裡面了，我們進去吧。」

說完，二亞熟門熟路地走進大樓。還以為鐵定會有嚴密的保全設備，但……看來是沒有。士道發現自己可能被〈拉塔托斯克〉的祕密基地感影響得有點嚴重了。

「唔？士道，你怎麼了？幹嘛停在那裡？」

「啊，不，沒什麼——我們也走吧。」

「嗯！好期待喔，士道。」

十香露出天真無邪的笑容如此說道。士道面帶笑容回答：「嗯，就是說啊。」接著便和精靈們一同進入建築物。

然後跟隨二亞走下通往地下的樓梯，來到擺放許多機器的房間——也就是所謂的控制室。

「……唔喔！」

一踏進室內，士道不禁抖了一下肩膀。

不過，也難怪他會有這種反應。室內已經有幾個人在……每個人的打扮都十分獨特。

宛如科學怪人般魁梧的男人、身穿黑色西裝，像吸血鬼的男人。他們的前方則是大概受傷了所以全身纏著繃帶，像木乃伊的男人，以及裸露度異常地高，宛如妖魔的女人。

老實說，與其說是配音現場，這光景更像是妖怪大戰。除了士道，精靈們也露出目瞪口呆的

表情……不過，也有一名少女看見宛如妖魔的女人後興奮地發出「哎呀！」的叫聲。

當士道一行人呆站在入口時，魁梧男注意到了他們，朝他們揮揮手。

「喔，本条小姐，久候大駕啊。」

……仔細一看，額頭還有縫線，是動了什麼手術嗎？更添增了他的魄力。

不過，二亞卻一副習以為常的樣子也朝他揮手，然後努了努下巴介紹士道一行人。

「嗨，你好啊，導演。啊，他們就是我之前提到的人。請多指教。」

「嗨，我是導演富良野健造，請多指教啊。」

「啊……我……我們才要請您多多指教。不好意思，突然這麼一大群人過來參觀……」

「沒事，別那麼客氣，我歡迎得很。所謂的動畫就是充滿意外跟不平衡嘛！由一件件事情累積起來，完成的東西才有趣啊。」

「是……是這樣嗎……」

「沒錯。反倒很少製作過程是按照預定執行的，別在意。你們隨意享受就好。」

說完，導演「哇哈哈」豪爽地笑了。士道被他的氣勢所震懾。

「……該怎麼說呢？這個人好猛啊，就各種意義來說……」

士道小聲對二亞說道，二亞旁邊的折紙像是察覺到什麼似的抖動了一下眉毛。

「富良野健造……該不會是……」

「驚愕。折紙大師，妳知道他嗎？」

「我聽過他的名字。即興與調配的天才。因為不按牌理出牌的製作手法，令相關人員頭痛不已，據說有多達十間的製作工作室拒絕與他合作。由於他霸氣十足，大家就稱他為科學怪人。」

「那個名稱絕對是從外表來的吧！」

士道不由得大叫出聲，於是導演「啊哈哈」愉快地笑了。

「那麼，我來介紹其他人。那位是製作人寅倉、音響總監光井，坐在那裡的是錄音室工作人員崎場。」

隨著導演的介紹，吸血鬼、木乃伊男、女妖依序點頭致意。

「科科科科科……今天請多指教了。」

「嘻嘻嘻……話說回來，沒想到本条老師竟然是女性……令人吃驚啊。」

「呵呵呵，就是說呀。還長得那麼漂亮……」

三人發出詭異至極的笑聲打招呼。於是，折紙又抽動了一下眉毛。

「製作人寅倉……是個出了名的工作狂，跟他一起工作的人全都會精疲力盡，因此外號是吸血鬼。」

「什麼……？」

「音響總監光井……因為指導過於嚴厲，跟他一起工作的人全都會精疲力盡，因此外號是木

乃伊男。」

「呃，妳那個說法……」

「錄音室工作人員崎場……不知道為什麼，跟她一起工作的人全都會精疲力盡，因此外號是女妖。」

「為什麼外號的由來全都大同小異啊！話說，妳還真是無所不知呢！」

士道發出高八度的聲音吐槽後，折紙自信滿滿地豎起大拇指。

於是，笑著看這幅光景的女妖……更正，是崎場，伸出手嫵媚地撫摸嘴脣，望向二亞。

「我記得我是在高中時閱讀《死靈年代記》的，老師妳看起來好年輕喔。呵呵呵……真令人羨慕。」

「哎呀，是嗎？嘿嘿嘿，保持年輕的祕訣在於吃飽、睡足、性福。」

「哎呀，老師真死相……那人家也必須好好補充睡眠才行呢。」

「哎喲，那麼其他兩項都滿足嘍？」

說完，兩位熟女相視而笑……士道感覺有點尷尬，羞紅著雙頰移開視線。

順帶一提，二亞說的話幾乎是隨口胡謅的。但這也是無可奈何的事，總不能坦言是因為變成了精靈，外貌才會和以前幾乎一樣。

實際上，二亞家裡的冰箱放的只有酒，截稿前經常通宵，黑眼圈都跑出來了。老實說，根本

算不上過著健康的生活。至於性不性福嘛……這一點就不得而知了。

就在這個時候，好奇地東張西望的十香開口說道：

「吶，士道，是在這裡配音嗎？要配音的是誰？」

「咦？對耶，聽妳這麼一說……」

士道聽了，歪了頭表示疑惑。剛才介紹的只有製作方的人，並沒有看見要幫角色配音的配音員的身影。

「配音員還沒來嗎？」

「咦？」

士道詢問後，導演和製作人等人一臉納悶地偏著頭。

不過，立刻又像是想起什麼似的，一臉慌亂地捶了一下手心。

「喔，喔喔！沒錯、沒錯，配音員啊！還沒來呢，妳說是吧，崎場？」

「是……是呀，還沒來……現在剛好打電話過來了！」

說完，崎場將手機抵在耳邊。士道並沒有聽到來電鈴響……大概是轉成震動了吧。

「你好，有什麼事嗎……咦咦！原本今天要來的配音員全都食物中毒！」

「妳……妳說什麼！」

聽見崎場假惺惺地這麼說，其他工作人員也惺惺作態地回答。他們的態度實在太不自然，令

士道不禁臉頰流下汗水。

「那……那個……」

「配音員竟然不能來了！」

「萬事休矣啊啊啊！完蛋啦！死定啦！」

「工作開天窗的我們會被業界冷凍，再也接不到工作啦！」

「可惡……如果這時候有人願意幫忙配音就好了……！」

工作人員哭天搶地發出悲嘆聲，打斷士道說話。

這時，二亞交抱著雙臂向前一步。

「各位，冷靜一點。配音員——」

然後猛然張開雙手，指向士道一行人，開口：

「這裡不就有九位嗎！」

「……咦？」

聽見二亞說的話，士道目瞪口呆。不，不只士道，十香等精靈們也茫然凝視著二亞。

「不……不不不不不！」

士道慢了一拍才理解二亞話中之意。他使勁地搖頭拒絕。

「等一下啦！妳突然在說什麼啊，二亞！」

「別擔心、別擔心，你們的聲音都動聽得很。而且我有把原作漫畫給你們了，你們都大概知道故事內容了吧？」

「問題不在這裡吧！」

「咦～～？不行嗎？你沒看到製作方那麼困擾嗎～～？」

「我們是外行人耶！況且製作人和導演他們也不想接受──」

說到這裡，士道止住了話語。

理由很單純。因為導演他們全都雙手合十放在胸前，做出宛如向神明祈禱的姿勢，用濕潤的眼神望向這裡。老實說，非常嚇人。

「事情就是這樣……拜託你們了！」

「就當作是幫助我們吧！」

「再……再怎麼說也太強人所難了吧！對……對吧，各位也這麼覺得……──！」

士道抱著最後的希望看向精靈們，然後──屏住了呼吸。

理由很單純。因為聽見完整過程的精靈們──尤其是十香、四糸乃、耶俱矢、夕弦這幾位，都露出興味盎然的表情，眼神散發出閃耀的光芒。

「妳……妳們……」

「好耶！那麼大家，馬上來分配角色吧！」

「喔——！」

二亞發出聲音打斷士道後，十香等人便精神奕奕地回應二亞。

士道見狀，只好死心地嘆了一口氣。

◇

——結果，包含士道在內的九人突然以配音員的身分參加《死靈年代記》動畫的配音工作。

士道個人一顆心十分忐忑不安，但既然十香她們有興趣也無可奈何。

而且，雖然是外行人，既然決定要做，就應該盡力追求完美。士道拍了拍臉頰好打起精神。

順帶一提，根據二亞指名，角色分配如下：

士道……「克萊因」。主角，打擊因咒術而甦醒的死者。

七罪……「梅莉莎」。掌握禁忌咒術之謎的少女。

四糸乃……「愛蜜莉」。一心愛戀克萊因的青梅竹馬。

十香……「亞佛列德」。克萊因的夥伴，是教會的牧師，知性派。

琴里……「傑克」。克萊因的小弟，中途被敵人咬到，成為死者。

耶俱矢……「格瑞斯大師」。力量強大的咒術師，一切的元凶。

夕弦……「殭屍A」。新鮮死屍。

美九……「殭屍B」。開始腐爛。

折紙……「殭屍C」。爛透的腐屍。

「……我配主角喔？」

「……那個啊，為什麼我要配像是女主角一樣的角色啊？我配殭屍就好了耶……」

「青梅竹馬……我會加油……！」

「喔喔，我是士道的夥伴啊！」

「小弟啊……也罷。」

「哦？本宮是咒術師啊，很了解吾之心思嘛！」

「不滿。為什麼夕弦是殭屍？嘎喔！」

「別這麼說嘛，本來是要配吵雜聲的耶，已經很好了。」

「襲擊士道的角色——原來如此、原來如此。」

……雖然有一部分的人心懷不滿和抱持著邪惡的思想，總之角色定下來了。

士道一行人拿起剛標記好自己臺詞部分的腳本，從控制室移動到隔著隔音玻璃的房間。

那是個飄散獨特氛圍的空間，牆邊設置了螢幕和擴音器，房間中央等距擺放著五支麥克風。

「喔喔……！原來裡面長這樣啊！」

「有好多麥克風……！」

「嗯～～感覺事情越來越有意思了呢～～」

四糸乃左手戴著的兔子手偶「四糸奈」嘴巴一張一合地說道。

這時，崎場走進配音室，調整左側兩支麥克風的高度。

「我把這邊的兩支麥克風調低，個子小的人就用這邊的麥克風吧。」

「謝……謝謝妳……」

「喔！高度剛剛好耶！」

四糸乃鞠了一個躬，「四糸奈」則是逗趣地動著手部。看見這令人會心一笑的畫面，崎場面帶微笑回到原本的房間。

『——那麼，各位都準備好了嗎？』

這時，設置在房間裡的擴音器響起二亞的聲音。

「呵呵！汝以為汝說話的對象是何許人也啊？本宮不需要準備。因為颶風皇女隨時都處於備戰狀態！」

「首肯。隨時都沒問題。」

八舞姊妹嘴上說不需要準備，卻擺出帥氣十足的姿勢回答。配音室裡的聲音似乎也會傳到隔壁的房間，二亞一臉愉悅地點了點頭。

『啊哈哈，很好、很好。那先請音響總監簡單說明一下流程吧。』

『那麼，請你們多多配合了。』

二亞說完後，音響總監緊接著出聲說道。精靈們回答：「請多多指教～～」

『——基本上只要配合前面螢幕播放出來的影像說出臺詞就好。畫面也會顯示出現在是哪一個角色在講話，你們大概參考一下。』

音響總監說完，螢幕上播放出影像示範。

尚未上色的線條畫沒有將每個原畫連結起來，畫面開始生硬地動了。

「哦～～原來是播放這種畫面啊，我還以為會播放製作完成的影像呢。播放這個畫面，我們會比較好配音嗎？」

『…………』

士道若無其事地說完，玻璃另一邊的導演和工作人員便尷尬地移開視線。

「咦？我……我說錯什麼話了嗎？」

『沒有……只是少年你純粹的心太過耀眼，大家無法直視你罷了。』

「……？」

二亞散發出一種莫名悲哀和冷眼的感覺說道。士道不太明白這句話的意思，歪了歪頭。

『總之，繼續進行吧。正式配音之前，我們先彩排一遍，你們試著抓一下感覺。』

「好……好的，我明白了。」

『好，那我們從序幕開始。配梅莉莎的七罪。』

「……！」

被音響總監叫到名字，七罪抖了一下肩膀。

『別……別那麼害怕嘛。麻煩妳嘍。』

「……我……我知道啦。」

七罪平常稱不上紅潤的臉色更加蒼白，她站到配合身高調整好的麥克風前。

『好，那麼開始嘍。』

音響總監說完的同時，螢幕上方的燈亮起紅光，播放出影像。

第一幕記得是七罪配音的女主角梅莉莎拚命逃避殭屍追趕的場景。

「…………」

七罪拿著腳本，心神不寧地注視著螢幕。這個角色是原作者二亞強烈希望由七罪來配音……

但老實說，說不擔心是騙人的。畢竟七罪非常不擅長與人交談。

就在這時，螢幕顯示出戴著兜帽奔跑的梅莉莎的圖。七罪吸了一口氣後開始發出聲音：

「——呼！呼……逃到這裡就可以放心了……這個禁忌的咒法，絕不能讓他們搶走——」

「……！」

由於七罪的演技太過自然，士道不禁瞪大了雙眼。不，不只士道，配音室裡的其他精靈們也大吃一驚。

不過，士道立刻便想起七罪本來就是擁有天使〈贗造魔女〉的精靈，自然十分擅長化身為其他人。

況且七罪每晚都比別人更加熱衷地熟讀原作漫畫，肯定是完全變身為當時輸入腦海的「梅莉莎」了吧。

二亞在玻璃另一邊豎起大拇指，像是在表達「果然不出我所料！」的樣子。看來她早已預料到七罪的能力，才會突然做出讓精靈們配音這種荒唐的決定吧。

士道儘管有些吃驚，但照這種情況，搞不好真的能達成不錯的水準。士道心裡燃起微弱的希望，緊握拳頭。

——然而，現實總是殘酷的。

七罪說完臺詞後，螢幕上顯示出殭屍群的影像。

站在麥克風前為殭屍配音的三人同時發出聲音：

「嘎喔～～♡」

明明是死屍，聲音卻異常有精神的美九。

「唔吼……」

相對之下，聲音毫無抑揚頓挫的折紙。

「咆哮。啊嘎——」

以及脫稿演出，擅自加了腳本上沒有的臺詞的夕弦。

「…………」

士道額頭不禁冒出汗水，苦著一張臉。

不過，故事才剛開始。應該說，殭屍的臺詞很短，還不至於造成嚴重的影響。

關鍵是從殭屍後方出現的敵方首領格瑞斯大師。

「哇哈哈！妳這是白費功夫，妳以為能逃出我們的手掌心嗎！」

由於是動畫，配音員要做什麼動作是無所謂，但耶俱矢擺出了十分帥氣的姿勢高聲說道。

跟美九不同的是，她的演技本身並沒有什麼問題，不過……很遺憾的，明顯不符合角色人物的聲音。

不過，這也是理所當然的事。畢竟會選擇耶俱矢為這個配角配音，只是因為她在一群人當中比較符合角色形象，理由非常隨便。況且，要在這群女生比例高達九成的人員中挑一個人來配威嚴的男性老年人角色，根本是強人所難。

然而，總不能一直把心思放在這個問題上吧。

下一幕，顯示出作品名稱後，場景改變成寧靜的街道景色。是士道、四糸乃、十香、琴里配

音的角色出現的場景。

「唔……」

終於要上場了。士道感覺自己的心臟跳得有點快，但還是和四糸乃等人一起站到麥克風前。

「喂，愛蜜莉，不要跑太快，會跌倒喔。」

然後盡量表現出自然的語氣唸出臺詞……雖然演技可能沒有精湛到受人誇獎的程度，但士道已經盡力了。

於是，四糸乃神情緊張地發出聲音回應：

「不……不會啦……克萊因。呵呵呵……今天天氣真舒服呢。」

……看得出她很努力，但或許因為緊張，聲音還是止不住顫抖。之後她和士道配音的克萊因對話時，說話速度也變得有點慢。

不過，影像是不等人的。接下來換琴里配音的傑克出現。

「呵，呵呵呵，克萊因，等……等等等我一下啦。」

……感覺比四糸乃還要緊張。她好像不擅長這方面的事情，令人有些意外。

正當士道想找個方法解決琴里的緊張問題時，螢幕上出現十香配音的亞佛列德牧師。

「嗨，你們三個！今天也聚在一起啊！我等一下也要……唔？士道，這個怎麼唸啊？」

十香臺詞說到一半，皺起眉頭將腳本朝向士道，所指的地方寫著「禮拜堂」三個字。

「……那個唸禮拜堂。」

「喔喔！謝謝你！我等一下也要去禮拜堂……唔？畫面改變了耶。」

說完，十香看著螢幕歪著頭。畫面已經顯示出下一幕，主角克萊因的嘴巴一開一合。

「啊，糟了。」

當然，為這個角色配音的是士道。他急忙看向腳本。

——經過約十五分鐘，彩排到一個段落，但成果如何可見一斑。除了為梅莉莎配音的七罪表現出色外，其他人全都慘不忍睹。

「唔，挺困難的呢。」

「我很……緊張……」

「這也沒辦法啊，畢竟是第一次嘛。」

「指摘。老實說，琴里比四糸乃還要緊張。」

「唔唔……！妳……妳很煩耶！」

精靈們七嘴八舌地提出應該反省的地方。士道見狀，帶著「外行人果然還是不行」的眼神望向玻璃外的二亞。

「……該怎麼辦？」

不過——

『導演，怎麼樣？還行嗎？』

聽見二亞的疑問，導演信心十足地點點頭。

『嗯，還不錯。』

「咦咦！」

面對出乎預料的反應，士道不由得大叫出聲。但是導演滿不在乎地繼續說：

『總之，先在腳本上標上讀音吧。殭屍的聲音之後會再調音，所以隨心所欲地配就好。然後，本条小姐，我先跟妳商量一下——』

導演面向二亞。感覺他的眼神散發出閃耀的光芒。

『……我可以「發揮本性」嗎？』

『哦……？』

聽導演這麼一說，二亞揚起嘴角露出玩味的表情。

『你終於恢復以往的眼神了呢，導演。可以啊，你就盡情發揮吧。』

『好耶。』

導演拍了一下膝蓋後，望向士道等人。

『各位，角色跟故事都了解了嗎？那麼，臺詞細微的差異之後會再調整，你們隨便順著說下去就好。』

「隨便順著說嗎……？」

『對。一句一句配合畫面唸會緊張吧？所以自然一點，怎麼輕鬆就怎麼來。』

「唔……」

「原……原來如此。」

聽見導演說的話，精靈們互相對視後點頭表示理解。

「十香，腳本借我一下。我在比較困難的詞彙標上讀音。」

「喔喔，謝謝你，士道！」

十香露出了開朗的神情將腳本遞給士道。士道從隔壁房間借來一支筆，在十香的腳本上標記讀音。

這段期間，其他人也看著腳本，微微動著嘴脣。與其說在背臺詞，比較像是按照演導的指示，想掌握住角色和故事的發展吧。

過了約十分鐘。

『好，那就來試試看吧。開始！』

影像在導演一聲令下再次播放。

「——呼！呼……逃到這裡就可以——」

序幕展開，七罪又開始投入感情地幫梅莉莎配音。

之後的殭屍和咒術師的演技跟剛才沒什麼兩樣，不過既然會用機器調整聲音，那就應該沒問題吧。

接著，場景轉換。漆黑的背景轉變為寧靜的街道景色。

「喂，愛蜜莉，不要跑太快，會跌倒喔。」

「不會啦。呵呵！今天天氣真好呢……」

「等……等一下啦，克萊因。不要丟下我啦。」

雖然臺詞有細微的不同，但四糸乃和琴里都比剛才自然許多。琴里還看得出有點緊張，但可能是剛好符合沒有自信的角色個性，並沒有什麼大礙。

「嗨，你們三個！今天也聚在一起啊！我等一下也要去禮拜堂。可以跟你們一起去嗎？」

大概是多虧了士道標記的讀音，十香這次也流暢地說出臺詞。由於聲調、情緒還是平常的十香，就個性沉著的牧師這個角色來說是有點太過開朗了，不過還在容許範圍內吧。

照這樣看來……搞不好可以順利完成喔。

不過，這淡淡的期待立刻被粉碎。

之後的一段時間，大家好不容易笨拙地順著故事發展發揮聲音演技，但……隨著時間經過，感覺方向越走越偏了。

發生問題的是克萊因與梅莉莎相遇，大家一起踏上旅程追尋死而復生的原因的一幕場景。

舞臺在湖邊的旅舍。夜晚，克萊因睡不著，偷溜出房間，看見梅莉莎獨自佇立在月光下。然後在訴說彼此過去的同時，兩人漸漸互相吸引。

接著自然而然地擁抱、親吻。

但是愛蜜莉碰巧目睹了這幅情景。此時，一群死者出現——故事的發展是這樣。

這幕場景並不奇怪，反而是很通俗的發展。

然而就在這個時候，先前配梅莉莎配得很出色的七罪突然表現失常。

「——梅莉莎，我……」

「克萊因，我……」

螢幕上，克萊因與梅莉莎相互凝視。既然設定為主角與女主角的關係，這也是理所當然，螢幕上顯示出的兩人怎麼看都像是情侶。

……該怎麼說呢？那種難以形容的酸甜氣氛令人感到有些害羞。士道將視線微微偏離螢幕，若無其事地瞥了七罪一眼。

「……！」

「……！」

那一瞬間，與七罪四目相交。

「呃，我……」

「啊，啊哇……」

上一秒還擺出女演員表情的七罪立刻滿臉通紅──那是「梅莉莎」變回七罪的瞬間。

從七罪口中毫無滯礙吐出的臺詞突然中斷。宛如看準這個時機，螢幕上出現愛蜜莉的身影。

「啊……克萊因、梅莉莎……」

四糸乃配合愛蜜莉的登場低聲唸出臺詞。七罪抖了一下肩膀，回應道：

「不……不是的，愛蜜莉！妳誤會了！」

「咦？」

聽見七罪說的話，四糸乃露出吃驚的表情。

這也難怪，因為這一幕梅莉莎理應尷尬地移開視線，一語不發才對。

「剛……剛才的不是妳所想的那樣！我並沒有喜歡克萊因。原作裡也是多了一點過程才愛上他的，但動畫刪減了那一部分，所以我對他沒有什麼想法喔！」

「喂、喂！」

沒想到竟然批評起作品來了。士道不由自主地發出高八度的聲音，望向隔壁房間──當然是帶著「先暫停一下」的眼神。

不過，導演和二亞卻在玻璃另一邊面帶微笑地豎起大拇指，像在表示：「很好！就這樣繼續下去！」

「梅莉莎，妳……妳這是怎麼了……」

四糸乃一臉困惑地說道。不過，七罪似乎還是處於混亂狀態。她表現出像是被抓到劈腿現場的態度，接著說：

「當……當然，愛蜜莉絕對比我這種來歷不明、莫名其妙的女人還要有魅力多了！心地善良又堅強，還很專情！克萊因也這麼認為吧？」

「咦！我嗎？」

話題突然丟到自己身上，士道發出驚愕的聲音。

「是啊！說到底，還不都怪你沒有察覺出愛蜜莉的心情！表明態度啦！不要把青梅竹馬當作呼之即來揮之即去的備胎啦！」

「我……我才沒有那麼想咧！」

「梅莉莎，妳冷靜一點……」

四糸乃安撫七罪。於是，七罪一把抓住四糸乃的肩膀。

「愛蜜莉，妳喜歡克萊因吧？那就好好地把妳的心意告訴他！」

「咦……那……那個……」

「好嗎！」

四糸乃受到氣勢逼人的七罪催促，滿臉通紅地抬起頭。

然後，面對士道而不是麥克風，微微開啟顫抖的嘴唇。

「那……那個，我……」

「等一下！」

然而，這時左方響起一道響亮的聲音打斷四糸乃——是琴里。

「氣……氣氛怎麼變得有點曖昧啊！人家……我跟克萊因的交情還比愛蜜莉久吧！」

「傑克，你幹嘛也進來摻一腳啊！」

士道忍不住大叫出聲。

而且不知時間點是好是壞，螢幕上剛好播放出傑克走向克萊因的畫面。

照理說，這一幕應該是對愛蜜莉懷抱著淡淡愛意的傑克朝克萊因怒吼的場面，但是……因為琴里說的臺詞，看起來就像是傑克破天荒地在向克萊因告白一樣。

順帶一提，畫面出現亞佛列德牧師在當兩人的和事佬時，十香又再次出聲說道：

「唔，妳們兩人很奸詐耶！我也喜歡士道……克萊因啊！」

「牧師——！」

連神職人員也說出這種荒唐話，害士道覺得畫面上的三個男人怎麼看都像是糾葛的三角關係。看到這種情景，也難怪愛蜜莉會哭著跑掉了吧。

不過，事態尚未就此平息。

沒錯。因為之後的畫面是——

「嘎喔～～！達令，你們在幹什麼呀，看起來好歡樂喔～～！」

「氣憤。也讓夕……我們加入吧。嘎喔！」

「欸，克萊因，你還記得嗎？雖然我現在變成這副模樣，但我是你曾經愛過的珍妮佛啊！」

「嗚哇啊啊啊啊啊啊！」

畫面中出現無數殭屍攻擊克萊因等人的同時，美九、夕弦和折紙也包圍住士道。

而且折紙還若無其事地捏造出路人角色殭屍的悲傷過去。美九和夕弦露出「原來還有這一招啊」的表情，眼神閃閃發光。

「哇，喂！放開我啦……！」

「嗚嗚嗚，你真是狠心～～玩膩人家的身體就想拋棄人家嗎～～！」

「悲哀。我為你盡心盡力，為什麼非得落得被殺害的下場？」

「克萊因，我現在依然愛著你。我哪裡不好？為了你我會全部改掉。所以，這次不要再拋棄我了好嗎？」

「咦！妳們是那種設定嗎！」

士道忍不住發出慘叫。正義的熱血男子漢克萊因竟不知不覺變成了人屍共憤的大渣男。衝擊的事實。難怪他會被殭屍攻擊了。

「安……安息吧，死者們！汝等竟然比本宮還要搶戲，天理何在！」

這時，連耶俱矢配音的格瑞斯大師都加入戰局。夕弦搔了搔臉頰。

「反省。這麼說來，我竟然忘了。格瑞斯大師妳也深深愛著克萊因呢。」

「喂……我又沒那麼說！我才不喜歡克萊因呢！」

完全是典型的傲嬌臺詞。畫面上表情凶狠的老人看起來似乎有點可愛。

想不到全體人員都加入戰局，導致配音室裡呈現出擠沙丁魚的狀態。因為所有人都各說各的，聲音重疊在一起，宛如街上人聲鼎沸的吵雜聲。啊啊……原來如此，這的確是在配吵雜聲呢。士道內心湧上莫名的感慨。

「啊啊，真是的……！停止、停下來！認真配音啦～～～！」

被擠得一塌糊塗的士道大喊，大家才終於冷靜下來。同時，先前不管再怎麼脫稿演出也堅持繼續播放的影像也暫時停止。

『啊哈哈！你們真是太棒了！』

『這太厲害了，光是臺詞不同，打鬥場面就完全變成了愛情喜劇呢！』

擴音器傳來導演與二亞愉快無比的聲音。士道眉頭深鎖回答：

「你們還那麼悠哉……幹嘛不早點停下來啊！」

『抱歉、抱歉，感覺很有意思嘛。』

二亞老神在在地笑道，然後望向所有人。

『不過，你們好像比剛才還要放鬆許多了呢。』

『就是說啊，感覺肩膀也沒那麼緊繃了。接下來就開始正式配音吧。這次可得盡量別脫稿演出喔。』

音響總監苦笑著回應二亞。

「唔……」

的確如此……儘管內容亂七八糟，但在這間配音室配音時能像大家平常聊天的感覺，算是最大的收穫吧。

二亞該不會是為了讓士道他們放鬆心情才故意不暫停的吧──

「…………」

士道腦海裡掠過這個想法，但看見二亞打從心底看熱鬧的邪惡表情便改變想法了。不對，她只是單純尋開心罷了。

「……總、總之，雖然事情莫名其妙就變成這樣，但畢竟已經答應接下這份工作，我們要認真完成喔。」

士道乾咳了幾下振作精神並如此說道，精靈們便一臉抱歉地縮起肩膀。

「唔……對不起，士道，我有點太亂來了。」

「……我……我也對不起……」

十香和七罪等人微微低下頭道歉。

照這樣子看來，接下來應該沒問題了吧。士道露出微笑。

「沒關係啦。我才抱歉，自以為是。我也會加油的……」

士道話還沒說完，折紙就偷偷朝隔壁房間說話。

「——總監，殭屍的聲音會做多大的調整？最好能夠分辨不出原來說的是什麼話。」

「折紙，妳可以別在正式配音之前打壞主意嗎！」

面對單獨努力喬暗樁的折紙，士道不由得大喊。

『哈哈……那就正式來嘍。各位，請各就定位。』

大家遵照音響總監的指示回到原來的位置。

然後——

『那麼……開始！』

正式開始配音。

◇

「對於喜歡的事就瘋狂熱愛！本条二亞登門造訪！」

日後，二亞又打著奇怪的口號出現在五河家。

「喔，妳今天也精神百倍呢……就各種意義而言。」

士道苦笑著說完，二亞便笑著拉了拉衣領。

「你說的對！我身體的各個部位都精神百倍呢。要看嗎？」

「我是在諷刺妳啦！妳也該給我察覺吧！」

「討厭啦，少年，竟然用刺的，好色喔。」

「我說這傢伙，還真是……」

士道用力抓了抓頭，二亞便愉快地哈哈大笑。

十香在一旁看兩人對話，然後像是發現了什麼似的納悶地歪了頭。

「唔？二亞，妳手上拿的是什麼？」

「嗯……？」

士道也望向二亞的手邊──低喃了一聲：「啊。」

因為二亞手上拿著一片收納在透明盒子裡的光碟。

士道一瞬間還以為是CD，然而——並非如此。那片光碟上沒有印刷唱片圓形標籤，而是寫著「死靈年代記」這幾個手寫字。

「嗯呵呵，你發現了嗎？沒錯！我收到了之前配音的動畫樣片！就是所謂的白箱（註：動畫業界會將樣片放在白色盒子裡供工作人員確認）！SHIROBAKO！」

「咦！為什麼要說兩次啊？」

「好了好了，大家都過來吧。準備好零食和果汁，來舉行放映會吧！」

二亞華麗地漠視士道提出的疑問，對待在客廳裡的精靈們說道。於是，精靈們露出閃閃發光的眼神，依照指示雀躍地開始準備零食。

「真拿妳沒辦法……」

雖然離點心時間還有點早，但是……算了，今天就網開一面吧。士道吐了一口氣，和大家一起準備放映會。

他把原本擺成ㄑ字形的沙發挪成一字形以便讓大家看清電視畫面，然後依照人數在桌上擺放玻璃杯和各種飲料、餅乾和巧克力。如果可以，他其實想像在電影院一樣吃爆米花，但今天就將就一點，吃洋芋片吧。

一切準備就緒後，二亞走向前，恭敬地鞠了一個躬。

「各位先生女士……啊，只有一位先生。算了。接下來要舉行《死靈年代記》的播映會！」

「喔喔！」

「呀～～！等好久了～～！」

「……老實說，我心裡只有不安。」

精靈們掀起熱烈的掌聲，嘆息聲此起彼落。

話雖如此，在那之後正式配音時，大家都成功按照故事情節為角色配音了。當然比不上專業配音員，但應該還有模有樣。

「好，那我要播嘍。」

二亞將光碟放入播放器，按下開關。

數秒後，漆黑的畫面浮現「原作：本条蒼二」這幾個字。

緊接著映出有如黑暗墓地的背景，有個少女走在墓地上。雖然在配音時也曾看過這樣的構圖，但一旦經過上色，果然格外精美。

『——呼！呼……逃到這裡就可以放心了。』

「啊！是七罪的聲音……！」

「真的耶。果然配得很棒呢。」

女主角「梅莉莎」說話的同時，精靈們發出興奮的叫聲。七罪由衷感到難為情地羞紅了雙

頰，將臉埋進大腿。看來在她化身為角色時倒是無所謂，但作為觀眾似乎就感到不好意思了。

『■■■■■——！』

『■■■……■■■！』

『■■■■■■■■』

這次換地面隆起，一群外表駭人的殭屍現身。

原本是美九她們配的音，但經過調整後，聽起來完全像是怪物的咆哮。

「啊哈哈，這樣根本聽不出是我們配的嘛～」

「同意。不過，感覺每一具殭屍的聲音都有微妙的差異。」

「那大概是我配的。」

三人妳一言我一語，氣氛十分熱絡。確實還保留原本聲音的特徵，之後來猜猜看誰配的是哪一具殭屍或許也挺有意思的。

「唔……感覺配得比想像中好呢。」

士道搓著下巴，發出嘆息。

由於臺詞並非完全照著腳本唸，有些地方的臺詞有微妙的不同，但作畫配合那些臺詞做了微調。士道再次對專業技術感到讚嘆。

不過——

影像繼續播放了一陣子——剛好來到湖畔的場景，士道不禁屏住了呼吸。

理由非常單純。

『不……不是的，愛蜜莉！妳誤會了！』

被目睹與克萊因幽會的梅莉莎發出慌亂的聲音。

「什麼！」

記得在正式配音的時候，七罪是按照腳本沉默不語啊。換句話說，這個聲音是——

『剛……剛才的不是妳所想的那樣！我並沒有喜歡克萊因。原作裡也是多了一點過程才愛上他的，但動畫刪減了那一部分，所以我對他沒有什麼想法喔！』

聽到這臺詞，士道明白這不是他幻聽或搞錯。沒錯，這段影像用的是當時彩排得亂七八糟的音源，而且作畫還配合臺詞做了修改。

當士道感到困惑時，傑克、亞佛列德牧師還有殭屍們登場。

『克萊因，我現在依然愛著你。我哪裡不好？為了你我會全部改掉。所以，這次不要再拋棄我了好嗎？』

傳來折紙等人配音的殭屍的聲音。雖然播放出來的聲音與她們原本的聲音完全不同，但後製成至少能聽懂臺詞在說什麼的程度，實在是太驚人了。而實際上七罪和四糸乃她們也確實驚叫了一聲。

「喂、喂，二亞！」

士道不由得大叫出聲。不過，原作者本人卻只是愉悅地笑道：

「嗯？怎麼了，少年？不有趣嗎？」

「問題不在於有不有趣，這根本不能播吧！妳打算賣這種東西嗎！」

士道詢問後，二亞推了推眼鏡並聳聳肩。

「別擔心別擔心，這不會流通到一般市面。是我自費請別人做的，算是獨立製作的動畫。」

「什麼……！」

聽見出乎意料的回答，士道瞪大了雙眼。

「等……等一下！妳說自費是什麼意思……」

「製作動畫要花錢，但只要不在電視上播放就只需要負擔製作費而已。所以，我就利用《SILVER BULLET》改編動畫時認識的人脈，請人介紹工作人員給我。」

說完，二亞露出笑容。士道則是回了她一個白眼。

「……喂，該不會配音員全體食物中毒也是假的，打從一開始妳就設好了這個局吧？」

「少年，你看、你看。克萊因被殭屍熊抱了。」

「妳要敷衍人好歹也用心一點吧！」

士道大喊……不過，事情已經都過去了。

他無奈地嘆息，再次望向電視螢幕。

「……話說回來，妳還真是亂來呢。更改的部分這麼多，應該多花了不少錢吧？」

「是啊。不過——」

「不過什麼？」

士道疑惑地歪了頭，二亞便用手比出手槍的形狀，碰了碰士道的鼻尖。

「——回憶無價喲，少年。」

二亞說完，眨了一下眼睛。

「…………」

二亞說的話和做出的動作令士道有些小鹿亂撞，不過……要是這份心情被她察覺，一定會被挖苦得很慘，所以士道轉頭望向電視以掩飾自己的思緒。

精靈玩線上遊戲

OnlineSPIRIT

DATE A LIVE ENCORE 6

「僕從啊，注意聆聽！漂蕩在電子之海的吾之半身正渴求汝之力量！盡速拋下現世的軀殼，投身於壹與零的理想世界吧！想必劍之洗禮正等候著汝吧！」

「……………妳在說什麼？」

某一天，士道和美九在五河家的客廳喝茶時，耶俱矢突然出現並說出這種話。

她是一名盤起長髮的好勝少女。她擺出十分帥氣的姿勢，一身黑白的哥德龐克裝，還配戴著銀飾，非常刺眼。

耶俱矢平常誇張的說話方式本來就夠引人注目了，但今天說的話更是令人費解。士道在腦海裡複誦耶俱矢說的話，試圖解讀她話中的含意。

於是，宛如察覺到士道的心思般，一名長相與耶俱矢一模一樣的少女恰巧從耶俱矢的身後冒了出來。

「翻譯。耶俱矢在邀請你跟她一起玩遊戲。」

她是耶俱矢的雙胞胎姊妹，夕弦。臉上的五官幾乎和耶俱矢一樣，但髮型、表情，以及只覺得是上天在惡作劇的胸部裝甲衝擊吸收率之間的差距，明確表示出兩人的不同。

「遊戲？」

「哼，物質世界的居民似乎是如此稱呼它。」

耶俱矢露出張狂的微笑後，直接走進客廳坐在沙發上，帥氣地蹺起二郎腿。

「唔啊！」

這時，她的腳小趾「叩」的一聲撞到桌緣。

耶俱矢淚眼婆娑地抱著腳。士道額頭冒出汗水，搔了搔臉頰。

「喂、喂，妳還好吧？」

「呀～～！不好了～～！」

坐在士道對面的美九發出尖銳的聲音站起來，開始搓揉耶俱矢的腳。

「人家看看，不痛、不痛，痛痛飛走了～～我搓我搓，我搓搓搓。」

「啊，不，我已經沒事了……咦！為什麼要脫掉我的襪子？」

「沒關係，這點小傷只要塗點口水就會好了～～」

「那是刀傷或擦傷吧？」

耶俱矢發出哀號，連忙縮起腳。

士道看著一如往常的互動，露出苦笑後聳了聳肩發問：

「所以，妳是來打電動的嗎？是沒關係啊，妳要玩什麼？一樣玩格鬥遊戲嗎？」

士道瞥了一眼收納在電視櫃裡的遊戲機說道。

五河家原本就有遊戲機，只是最近在玩的清一色全是精靈。尤其是喜歡比賽的八舞姊妹，經常因為玩對戰遊戲使氣氛達到白熱化。

不過，耶俱矢囂張地微微一笑，搖搖手指說：「不、不、不。」

「並非如此！今宵本宮想邀汝等玩的是——這個！」

她精神奕奕地如此說著，從手中的包包拿出筆記型電腦，將螢幕朝向士道和美九。

「嗯？北極星神域……？」

士道將臉湊近螢幕，唸出顯示在螢幕上的標題。

「原來妳們有在玩線上遊戲喔。」

「正是！是女神吵著要吾等拯救世界的遊戲。」

「肯定。玩過之後，還滿好玩的。」

聽見士道說的話，八舞姊妹點頭稱是。美九用臉頰磨蹭著剛才從耶俱矢身上扒下來的戰利品，然後一臉納悶地歪了頭。

「人家經常聽到線上遊戲這個名詞……那到底是什麼呀？」

「喔喔，簡單來說，就是許多人透過網路在同一個世界一起玩的遊戲。不過，我也不是那麼清楚啦……」

士道搔了搔頭說完，耶俱矢和夕弦便補充說道：

「沒錯！換句話說，本宮要納汝等為吾之『騎士團』成員！邀請汝等一同加入雀躍的冒險生活！為此等榮譽抽泣吧！」

「補充。一開始耶俱矢想在遊戲裡召募成員，但她用這種語氣聊天後，人都突然離開了。」

「才……才不是咧！只是把未達到我這種等級的人剔除掉罷了。」

耶俱矢聽夕弦說完，忍不住反駁。士道恍然大悟，苦笑著發出「啊……」的聲音。

或許是聽見了來龍去脈，美九莞爾一笑，說道：

「不過，大家能一起在遊戲世界中冒險，感覺很好玩呢～～」

「確實如此啦。那個北極星神域到底是個怎麼樣的遊戲呢？」

士道詢問後，原本與夕弦不斷展開攻防戰的耶俱矢便面向士道回答：

「咦？噢……就是所謂的MMORPG啦。一開始要先製作一個人物角色當作自己的分身，再操作那個角色在奇幻世界中冒險。」

「這樣啊，要自己製作角色啊。」

「嗯。有些遊戲一開始就幫你準備好了各種角色的形象圖，但北極星可以針對細部設定，遊戲的自由度也挺高的。基本上會準備好一個簡單的故事，但主要還是組隊冒險，蓋房子在奇幻世界生活這種玩法吧。」

「原來如此。耶俱矢妳們比較重視哪一方面？」

「我都有玩，但主要還是冒險吧。呵呵……即使再怎麼渴求和平，吾之黑暗波動還是會吸引戰亂。」

直到剛才還正常說話的耶俱矢突然想起自己的設定，擺出帥氣的姿勢。士道「啊哈哈」地苦笑著繼續說道：

「那麼，我跟美九只要加入妳的團隊，幫助妳冒險就可以了吧？」

「首肯。沒錯，不過不只那麼簡單。」

「咦？什麼意思？」

聽了夕弦說的，士道表示疑惑。於是耶俱矢「呵呵呵……」地發出狂妄的笑聲，操作電腦。

然後，從角色擁有的道具一覽表中顯示出類似筆記本的東西——筆記本上寫了許多陌生的單字和莫名其妙的數字。

「這是？」

「說明。這是『信』。簡單來說，就是能寫下喜歡的詞彙交給其他角色的道具，不過——」

「呵呵，前幾天，預言書受到吾之魔性力量吸引，降臨到魔王的身邊。」

「解說。去採集補血道具的時候，耶俱矢的角色跌了一跤，偶然挖到埋在那裡的信。」

「喂，夕弦！」

耶俱矢又連忙想摀住夕弦的嘴。不過，夕弦敏捷地閃開。

「……這到底在寫什麼啊？」

「咦？啊啊——對了、對了。呵呵呵，汝問得好。汝看這個署名，這正是標示古勇者遺留下的傳說中的武器所在之處的暗號文。」

「傳說中的武器？啊，有這種活動就是了。」

士道點點頭表示理解。由於線上遊戲的性質會造成玩家角色的成長度和故事進行的程度不一，為了不讓玩家玩膩以及吸引新玩家加入，會追加新的冒險或定期舉辦活動。

不過，耶俱矢和夕弦卻同時搖頭否定。

「哼，你錯了，士道。這不是活動，而是——『真貨』。」

「真貨？……怎麼回事？」

「解說。其實埋下這封信的不是官方，而是一名玩家——從測試版時代就廣為人知的傳說中的玩家【法蒂瑪】。據說數年前得到最強寶座的他，將過去收集到的財寶和限定道具藏在世界的某處。」

八舞姊妹感情豐富地如此述說，那副模樣簡直就像尋寶的寶物獵人。原來如此，既然玩得這麼投入，想必遊戲一定也很有意思吧。

「這樣啊……所以，耶俱矢找到的那封信標示了財寶武器的所在地嗎？」

「就是這樣！」

「補充。雖說是偶然發現的，但既然得到珍貴的線索，我們打算立刻開始尋找。為防萬一，打算增加幫手加入團隊。」

「這樣啊……」

士道搓著下巴輕聲低吟。原來如此，感覺很有意思呢。然而……很有可能是某個聽到傳聞的玩家寫下類似藏寶圖的書信埋起來惡作劇。不過對那麼期待尋寶的兩人說出這種話，未免太不識相了吧。

「幫手啊……我們新手也能當嗎？」

「嗯。操作上沒那麼困難，而且只要有電腦和網路，誰都可以玩……你要加入嗎！」

聽見士道說的話，耶俱矢臉上散發出光彩。士道點頭回答：「嗯。」

今天沒什麼特別的事情要做，更何況耶俱矢看起來那麼開心，事到如今士道也不好拒絕。

「那就來準備吧。美九也要玩對吧？我記得家裡有我媽以前用的舊電腦，我去拿來。」

「是呀，人家也要玩～～！」

美九面帶微笑說道。士道輕輕點頭回應後，便離開走上二樓。

◇

「我是本來個性有條不紊，說一不二的亞洲性感小貓，簡稱本条二亞！」

「……啥？」

琴里一打開門就聽到這道聲音，令她呆傻地愣在原地。

琴里目前正位於天宮市內的高樓大廈十八樓的房門前。

她造訪此地的理由很單純。她是被這間房間的住戶本条二亞叫過來的。

沒錯。琴里眼前站著一名戴著貓耳髮帶和尾巴飾品，擺出姿勢的眼鏡少女。

「…………」

幾秒後，琴里理解眼前發生了什麼事態，便一語不發地關上房門。

「等、等、等一下啦！」

正當琴里打算若無其事地離開現場時，二亞慌張地打開門。

「妹妹妳真是的，竟然不理我，這玩笑也開得太過火了。」

二亞扭動著腰部，甩了甩尾巴說道。每扭一次，掛在項圈上的鈴鐺就演奏出清脆的音樂。琴里對她的動作和賣萌聲有點不耐煩地盤起胳膊。

「那是我要說的——妳叫我來該不會就是要讓我看妳角色扮演吧？」

「怎麼可能～～總之先進來吧，我已經準備好了。」

「準備？」

琴里歪著頭問道，二亞便催促她進屋，一邊回答：

「嗯。發生了一點麻煩事，我本來想一個人解決的，但一個人的能力實在有限，所以我就向〈拉塔托斯克〉的司令妹妹和——」

二亞在走廊上邊走邊說，然後打開客廳的門。

就看見一名眼熟的少女坐在那裡。

「——折紙？」

琴里瞪大雙眼呼喚少女的名字。沒錯。待在那裡的正是士道的同班同學，鳶一折紙。

「沒錯——還有感覺無所不能的小折折求救。」

「是喔……那妳叫我們來是為了什麼？」

琴里詢問後，二亞便在椅子上落坐，揚起嘴角繼續說：

「雖然這麼問很突然，妳們兩個……有玩過線上遊戲嗎？」

「……線上遊戲？」

琴里將手抵在下巴偏過頭。她並非不明白這句話的意思。雖然沒有實際玩過，至少還是知道有這種遊戲。真要說的話，她是不理解二亞突然提出這個問題的理由。

相對的，折紙卻面不改色地點了點頭。

「若是First Person Shooter——所謂的ＦＰＳ，我倒是有玩過，順便訓練射擊。」

「喔，不愧是小折折，妳的本業也會用這個來訓練啊。果然有效果嗎？」

「不太能提升槍法。但新手大多不敢朝人開槍，ＦＰＳ可以有效麻痺抗拒開槍的感覺。」

「哦～～原來如此啊。」

「不過，至少在日本，就算是本業也幾乎不會朝人開槍。也有隊員是為了滿足朝人開槍的欲望才玩遊戲的。」

「原……原來如此……」

聽見折紙淡淡地說出這句話，二亞臉頰流下汗水，露出苦笑。總是超然灑脫的她難得表現出這種反應，不過……也怪不得她。

二亞立刻甩了甩頭打起精神，舉起手示意放在桌上的電腦畫面。

「先不談那個了——其實我現在正在玩某個線上ＲＰＧ遊戲……我希望妳們兩個來幫我。」

「幫妳……是指一起玩遊戲嗎？」

「嗯，簡單來說就是這樣。」

二亞微笑說道。琴里唉聲嘆了一大口氣。

「看妳傳來的訊息寫得一副事態緊急的樣子，我還以為發生了什麼大事呢……」

「啊哈哈，抱歉、抱歉。愛誇大演出大概是作家的天性吧。」

二亞如此說道，抬起眼觀察兩人的反應，問道：「……怎麼樣？」或許是因為戴著貓耳和貓

尾巴，看起來很假掰。

「是可以啦。〈拉塔托斯克〉的宗旨就是盡量實現精靈的願望嘛。」

「無所謂。只要妳把說好的東西給我就行。」

琴里說完後，折紙緊接著淡淡回答。聽見令人在意的詞，琴里皺起眉頭。

「……說好的東西？」

「啊～～嗯。是少年和小折折的原創同人誌（18禁）吧。我會準備好。」

「妳拿什麼東西引誘未成年上鉤啊！」

聽見這荒唐至極的交換條件，琴里不禁大叫出聲。但是……該怎麼說呢？琴里也覺得很符合折紙的本色，也非常明白她為什麼會來到這裡了。

「……唉，算了。不過，玩線上遊戲滿花時間的吧？我沒那麼閒，不能陪妳玩太久喔。」

「嗯，別擔心，我有想到這一點。我的目的也不是要過關。」

「咦？那妳到底想要幹嘛？要我們幫忙……肯定有什麼目的吧？」

琴里說完後，二亞稍微斂起她嬉皮笑臉的表情，動了動嘴唇說：

「嗯……是啊。其實這個遊戲裡有非常惡劣的ＰＫ。」

「ＰＫ？」

「Player Killer，玩家殺手。就是在遊戲裡攻擊、殺傷其他玩家角色的惡劣玩家。」

折紙回答琴里的疑問。「沒錯、沒錯。」二亞點頭贊同，接著說道：

「老實說，我也非常火大，想要想辦法懲罰那傢伙。不過……我一個人有太多事情辦不到了。我也想過要在遊戲裡募集同伴，但還是面對面攜手合作比較好。」

「這樣啊……看來那個ＰＫ很強吧。他用的是什麼角色？」

「嗯……」

琴里詢問後，二亞一臉為難地皺起眉頭，發出低吟聲。

「咦，妳那是什麼反應啊？妳該不會一無所知吧。」

「那倒不是。那個角色叫【法蒂瑪】，等級99，職業是最高級職，世界破壞者……」

「妳不是很清楚嗎？那只要找出那個角色就好了吧？」

「嗯……可是，沒那麼簡單。」

「怎麼說？」

折紙回應二亞說的話。二亞搔了搔臉頰接著說：

「有個稀有道具叫『隱形帷幕』，只要使用它就能對其他玩家隱藏、修改自己的資訊。而且，那傢伙恐怕使用了那個道具，隱藏自己原本角色的名字，所以老實地搜尋【法蒂瑪】也沒有意義。他一定像連續殺人犯一樣，擺一副人畜無害的樣子過著日常生活。」

「原來如此……這道具也太惡劣了吧。這樣不就像是官方在鼓勵殺人嗎？」

琴里苦著一張臉，聳了聳肩。能隱藏自己的資訊，就表示能不散播自己的惡名，大大方方地做壞事。

「嗯，雖不中亦不遠矣啊。遊戲的高自由度是北極星神域的賣點，況且在系統允許玩家互相攻擊時就不可能排除ＰＫ了吧。官方反過來苛責這種行為，不是很奇怪嗎？」

「怎麼，妳倒是挺幫敵人說話的嘛。妳不是不能容許ＰＫ這種行為嗎？」

琴里說完後，二亞露出困惑的表情聳了聳肩。

「嗯……這個【法蒂瑪】算是比較特別吧。」

「……？」

二亞語意不清地說道。琴里歪了歪頭表示疑惑。

不過，在琴里正要提出疑問時，折紙搶先一步抬起頭。

「──重點是，我想要確認之後的方針。莫非要大海撈針？」

「這個喵，倒不是沒有線索。」

二亞說完，從抽屜拿出一張紙。琴里和折紙一起看向那張紙。

「這是……地圖？」

沒錯。二亞遞過來的是一張地圖。看來是將存在於遊戲世界的大陸地圖列印出來，有幾個地方用筆打上了×，周圍還寫了一堆小字。

「這些標記是什麼？」

「嗯，是【法蒂瑪】出現過的場所。乍看是看不出來，但其實有規則性，算是共通點吧。」

「也就是說……」

「嗯。【法蒂瑪】下次有可能出現在某幾個地點。我想在那裡設下陷阱。」

二亞自信滿滿地點著頭如此說道。琴里也首肯道：「原來如此。」

「我知道了。那我們就立刻開始吧。那些地點在哪裡？」

琴里如此催促，二亞卻吃驚得瞪大雙眼。

「不不不，妳在說什麼啊？還不能馬上去喔。」

「咦？」

「得先製造一個角色當作自己的分身。而且等級1根本派不上用場啊——得稍微練一下等級才行。」

二亞似乎有些開心地揚起嘴角。

◇

「——呵呵，四糸乃！妳烤得很成功呢。」

「是呀……！希望七罪會喜歡……」

「當然會呀～～搞不好還會開心得暈倒呢！」

十香、四糸乃還有戴在四糸乃左手的兔子手偶「四糸奈」一邊交談一邊走在公寓的走廊上。

那是矗立在五河家隔壁，屬於〈拉塔托斯克〉的公寓，是準備給被士道封印力量的精靈們居住的地方，十香和四糸乃也是這裡的住戶。

然而，兩人現在並非走在自己房間所在的樓層，而是位於這棟公寓最上層的走廊。

理由很單純。因為十香和四糸乃帶著剛烤好的手工餅乾要去位在這層樓的七罪家玩。

「對了，我是第一次去七罪家呢。她住在哪一個房間呢？」

「最裡面的房間。啊——就是那一間。」

「四糸奈」配合四糸乃說的話，舉起圓圓的手指向位於前方的房門。

「嗯。」

十香走到那扇門前，按下門旁的電鈴。門內傳來鈴響的聲音。

不過等了幾秒，七罪並沒有出現。

「唔？真奇怪，她不在家嗎？」

十香接著按了好幾次電鈴，還是沒有任何反應。

她下意識轉動門把後，房門卻「喀嚓」一聲打開了。十香與四糸乃瞪大雙眼，互相對視。

「門沒鎖呢……」

「表示她沒有外出……是在睡覺嗎？」

兩人露出困惑的表情，「四糸奈」便揮著手說道：

「既然門沒鎖，就進去確認比較快～～」

「唔，可是隨便進去別人家裡不好吧……？」

「就……就是說呀，四糸奈……」

「可是、可是，要是七罪突然病倒了、瓦斯外洩發生事故，或是厭世上吊自殺了怎麼辦～～？現在還來得及救她喔～～」

「什麼──！」

「怎……怎麼會……！」

十香和四糸乃屏住呼吸，再次看著彼此，點了點頭。然後下定決心打開房門，走進房內。

「七罪！妳沒事吧，七罪！」

「七罪……！」

兩人呼喚七罪的名字在走廊上前進，一把打開寢室的門。

結果──

「……──咦？」

七罪戴著耳機，單腳豎膝坐在椅子上面向電腦，發出錯愕的聲音回過頭。

應該是門被打開才終於發現十香她們的存在吧。七罪屏住呼吸，企圖遮住電腦螢幕。不過，可能是因為感到慌亂，她失去平衡，連人帶椅跌了個一塌糊塗。

「七罪！」

「妳沒事吧……？」

「好痛……嗯，我沒事。」

七罪搔了搔髮量很多的頭髮，站起來後望向兩人。

「妳……妳們兩個怎麼來了……」

「那、那個……不好意思，擅自進來房裡。因為妳沒來應門，我們擔心發生了什麼事……」

「咦？啊，別這麼說，我完全不介意……倒是我真的很對不起妳們，害妳們踏進這種汙泥之中，不好意思，我去死好了。」

「七……七罪……」

「又來了～～七罪還真是老樣子呢～～」

「四糸奈」語氣輕浮地笑著拍打七罪的頭。七罪猶豫不決地抬起頭。

「啊……對了，七罪，方便的話，請收下這個。」

四糸乃像是想起什麼似的，把手裡的東西遞給七罪。

「咦？這……這是什麼？」

「是……餅乾。十香教我烤的，希望合妳的口味……」

「噫……噫呀啊啊啊啊啊……！」

四糸乃說完，七罪宛如沐浴在陽光下的吸血鬼一般頹倒在地。

但可能是覺得不收下也很失禮，不久她低著頭朝四糸乃伸出不停顫抖的雙手。那副模樣好像接受國王意外賞賜的平民。

「謝謝……可、可是，我這種人真的可以收下嗎？」

「當然可以呀。」

「我……我會當作傳家之寶……一輩子好好珍惜的……」

「那個……如果可以，我希望妳吃掉……」

四糸乃「啊哈哈」地苦笑。七罪誠惶誠恐地將頭垂得更低，回答：「是……」

雖然反應有點誇張，但七罪似乎還算是開心地接受了禮物。十香微笑凝視著四糸乃與七罪，「對了……」然後望向電腦螢幕。

「七罪妳剛才到底在幹什麼啊？這是……遊戲嗎？」

「……！啊，那……那是……」

聽見十香說的話，七罪發出驚慌失措的聲音。不過，她似乎發現螢幕已經被看到而放棄了，

不像之前那樣慌張，死心地嘆了一大口氣。

「……想笑就笑吧。難得的假日，我卻一個人在玩網路遊戲，連客人來了也不知道，很符合我這種人吧。啊哈，啊哈哈哈哈……」

「網路遊戲？那是什麼？」

「……喔喔，就是可以很多人一起玩的遊戲……但我不擅長組隊，只是一個人蓋房子、耕田而已……我還滿喜歡庭園遊戲的，現在很迷。」

「房子……這個房子是七罪妳蓋的嗎？」

四糸乃探頭望向電腦螢幕，驚訝得瞪大雙眼。這也難怪，因為螢幕上顯示出來的是一棟氣派的木屋。

「啊……嗯，對。這個遊戲就像方塊建造類遊戲一樣，可以收集素材自由組合，所以在某種程度上可以建造自己喜歡的東西。而且還可以讓農作物交配，培育出新的品種，再拿來當作原料製造出新的道具……」

就在這個時候，七罪止住了話語。

想必她是發現了十香和四糸乃的眼神充滿好奇，散發出耀眼的光彩吧。

「……呃……妳們兩個要不要玩玩看？」

「嗯！」

「好的……！」

面對七罪戰戰兢兢的邀請，十香和四糸乃則是朝氣蓬勃地回答。

◇

「——呃，這樣就可以了嗎？」

士道從二樓拿了兩臺筆記型電腦回到客廳，接著依照耶俱矢和夕弦的指示安裝遊戲，點擊開始的圖示。

於是畫面轉暗，文字從下方升起。

內容則是常見的奇幻遊戲序章影片。簡單來說，故事大綱就是女神召喚士道等玩家來到這個世界，要他們拯救世界脫離危機。

然後大概介紹完故事後，畫面上便顯示出穿著簡樸服裝的角色形象。旁邊是「性別」、「髮型」等各種項目，只要設定這些項目就能改變角色的模樣。

「原來如此，這樣就能創造出喜歡的角色啊——啊，這樣說來，耶俱矢和夕弦用的是怎樣的角色？」

「咦？你是問……」

「回答。我們嗎？」

耶俱矢與夕弦依序歪了歪頭後，便將手邊的筆記型電腦朝向士道等人。

【†幻夜†】等級38。性別：男。職業：暗堂騎士。

【柚子】等級38。性別：女。職業：靜寂獵人。

各自的螢幕上顯示出各自的角色。夕弦的角色是一名五官有點像夕弦的獵人少女，而耶俱矢則是長相凶惡，身穿漆黑鎧甲的高挑青年。

雖然有很多地方值得吐槽，但士道決定先問他一開始最在意的點。

「呃……耶俱矢，我問妳喔。妳的角色名字兩端那個記號是什麼啊？」

他說完指向「†」這個符號。於是，耶俱矢洋洋得意地挺起胸膛。

「呵呵，汝發現了嗎？這正是體現吾之姓名力量的漆黑十字。唯有被魔與黑暗相中的戰士才能——」

「說明。只要鍵入daga-再選字就可以打出來了。」

「啊，真的耶。原來有這種符號啊。」

「是你問我的耶，好歹也聽我說完吧！」

耶俱矢拍打桌面大喊。「抱歉、抱歉。」士道苦笑著道歉後，將視線移回自己的螢幕上。

然後設定角色的髮型和五官，完成自己的分身。

「感覺只是設定這些東西就很好玩呢，好像在弄合成照喔。」

「是啊……啊，對了。角色你可以自由設定沒關係，但職業可以選回復類和魔法攻擊類嗎？因為我們兩個主要都是物理性的職業。」

「嗯，我知道了。美九妳要選哪一個？」

士道瞥了美九一眼問道，美九便豎起一根手指抵著下巴回答：

「這個嘛，人家想要選能用魔法華麗戰鬥的職業～～」

「ＯＫ，那我就選這個聖職者吧。」

士道一邊說一邊選擇職業。於是角色本來穿著的簡樸服裝變成白色的修道服。

接著設定其餘的要素，就完成大致的雛型了。

【仕道】等級１。性別：男。職業：聖職者。

「好了，差不多就這樣吧。呃，接下來只要登錄——」

就在這個時候，玄關的門鈴響起，士道抬起頭。

一瞬間他還以為是琴里或其他精靈，然而……並非如此。如果是她們，應該不會特地按門鈴，而是直接進門。

「是快遞嗎……？我去看一下。」

「好～～慢走～～」

美九揮了揮手目送士道。不知為何，她的嘴唇彎成愉快的新月狀……但士道沒怎麼在意，走向玄關。

突然的訪客正如士道所料，是快遞。他在單據上簽完名，收下包裹後，回到耶俱矢等人等待的客廳。

「抱歉、抱歉，讓妳們久等了。」

士道一邊說一邊坐到自己的筆電前，耶俱矢、夕弦和美九露出燦爛的笑容搖了搖頭。

「呵呵，毋須在意。」

「首肯。夕弦度過了非常有意義的時間。」

「好了，達令。人家也已經做好角色了，我們快點開始玩吧～」

「？嗯，好……」

三人好像非常開心的模樣，士道儘管感到納悶，還是將視線落在螢幕上。

就在這時，他突然覺得不對勁。他記得自己是將畫面停留在製作角色的頁面然後離開的，但現在螢幕顯示出來的卻是一群可愛的角色來來往往的中世風格的街景。

士道以為是有一段時間沒有操作電腦的關係，所以開始播放宣傳影片，然而——並非如此。

因為畫面中央聚集了疑似團隊的四名角色。

【†幻夜†】等級38。性別：男。職業：暗堂騎士。

【柚子】等級38。性別：女。職業：靜寂獵人。

【牛奶】等級1。性別：女。職業：魔法師。

以及——

【仕織】等級1。性別：女。職業：聖職者。

「什麼……！」

士道看見配合自己的操作而行動的角色【仕織】，屏住了呼吸。

「等……等一下！這是怎麼回事！我設定的角色不是這樣啊！」

士道一雙眼睛瞪得老大，發出高八度的聲音。這也難怪，畢竟剛才設定完成的少年角色竟變成了一個可愛的女孩子。

犯人見狀，露出燦爛的笑容面向士道。

「啊！人家看達令你好像很忙，就幫你完成了～～！」

「不是啊，這明顯差太多了吧！」

士道大喊，耶俱矢和夕弦忍不住笑了出來。

「哈哈哈哈！你中招了呢，士道。」

「捧腹。不過能力不會因為性別而有差異，士道可以不用太在意。」

「可是……在遊戲裡可能會聊天吧？我這樣不就是網路人妖嗎……」

「沒問題的啦～只要撇除達令是男生這一點，達令就是個女孩子呀～」

「我聽不懂妳在說什麼啊！」

美九不知為何充滿自信地如此說道。士道聽了不禁大喊。接著，笑個不停的耶俱矢終於停下來，拍了拍士道的肩膀安撫他：

「好了、好了，如果你真的很在意，只要使用『轉生寶珠』這個道具就可以不用打掉重練，直接重新設定角色形象。」

「……是這樣嗎？」

「首肯。只要破了故事劇情就能得到的樣子。」

「也太久了吧！」

雖然不知道故事長度有多長，但那不就等於要以【仕織】這個角色過完遊戲中的人生嗎……應該說，既然耶俱矢和夕弦的目的是尋寶，這個機會應該不會到來吧。

不過，重新設定角色也很浪費時間。士道嘆了一口氣，開始操作聖職者【仕織】。她走路的模樣非常可愛。

「沒辦法……就這樣玩吧。」

「很好，有鬥志！吾等就出發尋找寶物吧！」

「同意。喔！」

「向前衝吧！」

畫面中，【†幻夜†】和【柚子】精神奕奕地舉起手來。看來只要選擇指令，就能讓角色做出特定的動作。

「我看看……」

士道打開選單，選擇指令。於是【牛奶】和【仕織】慢了耶俱矢兩人一拍，也舉起手來。

◇

『可惡……！攻擊無效！』

『我不就說了這個時機出手還太早嗎！』

『吵死了！快點幫我補血——唔，唔哇啊啊啊啊！』

幽暗古城的空地上迴蕩著冒險者的聲音。

不過，這也無可奈何。畢竟阻擋在他們面前的是這座古城之主，高等級的吸血怪物。

身穿漆黑外套的巨大吸血鬼連續施展強力的魔法。四周不斷產生爆炸，【里克】等人的生命

值一直在減少。

『可、可惡，不應該……不應該是這樣的……！』

團隊的隊長——劍士【里克】內心感到無盡的後悔。

——所有人都得意忘形了。因為等級提升，裝備也完善，就毫無根據樂觀地以為一定沒問題，潛入如此高難度的迷宮深層。

結果落得這樣的下場。被大魔王和他的手下包圍，用光所有回復道具，魔力值也消耗殆盡，更無法逃跑，處於幾乎谷底的絕望狀況。

『GAAAAAAAA！』

『嗚哇啊啊啊！』

吸血鬼的一擊橫掃【里克】的身體。明明徹底防禦了卻還是受到嚴重的傷害，生命條一口氣亮起紅燈。

『可惡……到此為止了嗎……』

【里克】死心地呢喃道。已經束手無策了。下一擊【里克】的生命值就會完全歸零吧。

然而，下一瞬間。

『——神聖刺擊！』

唱誦咒文後，幽暗的古城中立刻變得明亮，無數光之刃貫穿吸血鬼。

牛奶
†幻夜†
柚子
仕織

『GAAAAAA……！』

吸血鬼巨大的身軀化為黑霧消失。面對突如其來的事態，【里克】茫然地瞪大雙眼。

『這、這究竟是……怎麼……』

『好～～打贏了！』

畫面顯示出語氣有些悠哉的訊息，同時空地出現三個角色。

【亞尼】等級80。性別：男。職業：聖騎士。

【玨今】等級1。性別：女。職業：戰士。

【獵戶座】等級1。性別：男。職業：盜賊。

『等……等級……1……？』

面對突然出現的神祕隊伍，【里克】發出低吟聲。

不過，那些人卻不理會【里克】等人，自顧自地交談。

『妳太亂來了吧……我只有等級1耶。』

『沒事、沒事。只要不受到攻擊，就不會死啦。而且經過剛才那一戰，妳有獲得了一些經驗值吧？』

『──一口氣變成等級10了。』

『不會吧。啊，真的耶。技能點增加了好多點，這個該怎麼辦？』

『啊～～那個待會兒再分配，先不用管它。那麼，再繞一圈吧。把等級提升到30後就能轉職成高級職，之後再用我珍藏的增進道具強化。還有，旅途中也會經過之前提到的那些地點，要記得設下陷阱～～』

『……這樣做好嗎？』

『重點不在於過程，而是結果。最好快點解決。』

『嗯，妳說的是有道理啦，但總覺得……』

神祕的隊伍一邊聊著這種毫無緊張感的話題，一邊離開現場。

『到……到底是怎麼回事啊……』

【里克】發愣了一會兒後吐出這句話。

◇

「……呃，那我開始簡單說明。」

七罪乾咳了幾聲，面向十香和四糸乃。於是，坐在電腦前的兩人便低下頭說：「麻煩妳了！」……七罪覺得全身發癢。

不過，現在能向兩人解說遊戲的只有她一人而已。她再次乾咳了一下，打起精神。

「呃，首先是怎麼蓋房子……方法大致分為兩種。簡單的是使用『設計圖』。這個道具只要妳收集到必要的素材就會自動幫妳蓋房子。遊戲新手用這個建造基本的建築，只講究內部裝潢也能玩得很開心。只要通過遊戲關卡，就能得到更大建築物的設計圖。」

「唔……是這個叫『木屋設計圖』的東西嗎？」

「七罪妳的房子也是用這個蓋的嗎？」

「呃，那倒不是……這棟房子是我從零開始打造的。這是另一個方法，自由組合素材就能建造出喜歡的東西。不過，這需要一點訣竅，我認為熟悉操作後再用這個方法就好。妳們先用設計圖，在喜歡的地方蓋個房子看看吧。」

「嗯！」

「好！」

「那立刻來蓋房子——不過得先整地才行。發現有用的地方就除去長在那裡的樹木和雜草，擊碎岩石來製作建造房子的平地……我看妳們實際操作看看比較快，試著隨便砍一棵樹。」

「喔喔，我知道了。」

「我試試看……！」

兩人精神奕奕地回答七罪後，用笨拙的動作操作滑鼠。兩人剛才製作的角色產生反應，開始慢步行走。

「喔……喔喔喔喔喔！」

可能是還不習慣操作，十香的角色開始在原地繞圈圈。

「妳……妳還可以嗎，十香？」

「嗯，沒問——喔喔喔喔喔！」

這次十香的角色開始在原地跳躍，把手上的道具往四周亂扔。

「啊～～啊～～」

七罪看不下去，離開座位走向十香，操作滑鼠幫她把道具一一撿起來。

「喔喔，謝謝妳，七罪！」

「不會……別客氣。反正這一區頂多只有我們這幾個玩家而已。」

沒錯。七罪的房子並不是蓋在街上，而是在偏僻的森林裡。就算角色做出什麼奇怪的行為，也不會受到異樣的眼光看待或是被截圖下來當成笑柄。

七罪並不是想在大自然生活，而是因為住在街上的話，會有玩家角色突然跑來跟她接觸，對心臟不好。即使看不到對方的臉，只要一想到操作角色的是活生生的人類，她就有所顧忌。

……不過，既然如此，乾脆不要玩線上遊戲不就好了？但現狀是在誰也不會進來打擾的森林裡建造庭園生活莫名地好玩，所以無法自拔。

「呃，那接下來挖挖看地面。如果有高低不平的地方，就像這樣把它撫平。基本上跟砍樹一

樣，配合圖示點擊地面。」

「這樣……嗎？」

四糸乃的角色拿起鏟子挖土。七罪豎起大拇指，像在表達「做得很棒」。

可是──

「喔喔喔喔喔喔喔喔喔喔喔！」

隨著這道叫聲，十香的角色慢慢沉進地面。看來是挖到自己腳邊的土，還朝底下越挖越深。

「啊！十香，先停止！要是挖得太深，妳會爬不上來喔！」

「這……這該怎麼辦才好啊！」

接著，十香擁有的道具從洞裡一個一個飛出來。

……看來還要花一點時間才能蓋房子了。

◇

──離開一開始的城鎮已經約三個小時。

士道操作的【仕織】與同伴【†幻夜†】、【柚子】和【牛奶】一同走在鬱鬱蔥蔥、草木扶疏的森林中。

「呼……我們走得還挺遠的呢。大家，生命值還夠嗎？」

「呵呵，沒問題。汝等都很克盡職守喔。」

「同意。雖然是臨時組成的隊伍，但合作無間呢。」

耶俱矢和夕弦點點頭說道。

跳過指導關卡，立刻進入實戰鍛鍊的【仕織】和【牛奶】已經成長到等級10。雖然不是那麼盡善盡美，但也多少學會回復、輔助的咒語，能治癒在戰鬥中受傷的兩人，增強她們的攻擊力和防守力。

以魔法攻擊為主的【牛奶】儘管火力不如【†幻夜†】和【柚子】，但會利用全體攻擊截停敵人的腳步，確實達成她輔助的職責。

「嗯，線上遊戲也挺好玩的嘛。這種大家一起冒險的感覺，與電腦對戰又有不同的樂趣。」

「呵呵，對吧、對吧！」

「引誘。如果你喜歡玩，夕弦隨時在上面等你。」

「哈哈，我會考慮的。要是太沉迷，感覺會挨琴里的罵，得小心才行。」

士道苦笑著如此說完，再次望向【仕織】等人出征的深邃森林。

「——所以，耶俱矢，『信』上寫的位置是在哪一邊？我們好像一直走在草叢裡……」

「嗯……等一下。我看看……這個座標是這裡，所以……還要再往前一點——」

就在耶俱矢說到這裡的時候——

畫面中的【†幻夜†】一行人穿過深邃的森林，來到一個開闊的空間。

「喔喔……！」

「這……這裡是……」

士道瞪大雙眼，操作電腦按鍵移動攝影機，環顧四周的風景。

那是一個疑似開拓森林製造出來的寬廣空間。空間深處建造了一棟華美的木屋，木屋前方有一片種植了各種農作物的農田。

與世隔絕的空間，就像是隱士或仙人，要不然就是潛藏在幽深森林裡的妖精會居住的場所。

「好——好棒啊！咦！欸、欸，夕弦，這該不會是……」

「首肯。普通的玩家不可能會在這麼不方便的場所建造住處，而且，跟『信』上所寫的座標完全一致。我想肯定是【法蒂瑪】的藏身之處。」

「果然沒錯！」

耶俱矢大喊的同時，【†幻夜†】與【柚子】看起來非常歡樂地跳起舞。

容貌可愛的【柚子】倒也就罷了，但是【†幻夜†】身穿外形誇張的鎧甲，瘋狂地跳著舞的畫面實在太詭異了……不過，也怪不得她們。雖然士道不清楚那個傳說中的玩家有多厲害，但對耶俱矢她們來說就像是挖到寶藏一樣吧。

「探索。耶俱矢，立刻來找吧。」

「嗯！座標在這一帶，來找找看吧！」

【†幻夜†】與【柚子】開始調查周邊。【仕織】和【牛奶】也依樣畫葫蘆地開始搜尋。

不知道找了多久，當【牛奶】走在農田旁邊時，大家所處的地面突然開始閃爍。

「哇！這是怎麼回事？」

「！這是……陷阱！快逃！」

然而——為時已晚。下一瞬間，土地化成白色的領域，角色動彈不得。

看來是類似黏鳥膠的東西。他們全身沾上黏稠的物體，服裝——也就是裝備被扯下。

「嗚呀啊！」

「呀～～！衣服～～！」

「失策。中計了……！」

「喂、喂，這是什麼啊……」

大家的角色裝扮只剩下初期設定時穿的內衣，資訊上顯示的防禦力一口氣下降。

「唔唔……是扒下裝備的陷阱。大家，先離開現場，穿上備用的裝備吧。」

耶俱矢皺起眉頭如此說道。士道等人遵從她的指示，穿上預備的道具。

「進言。耶俱矢，這是……」

「嗯。竟然會設下這麼麻煩的陷阱……非常可疑呢。不過，要是還有其他陷阱，用正常的方式搜索可能會有危險……」

耶俱矢沉吟了一會兒後，望向美九。

「美九，妳剛才學會了廣域咒語吧？可以施展那個咒語破壞這一帶嗎？」

「喂、喂喂，做這種事好嗎……」

「沒關係、沒關係！因為【法蒂瑪】是引退好幾年的玩家喔。這裡已經沒有人住了啦！」

「可是，感覺農田被照料得很好……」

「只要在某個領域施加大地的庇護，不管放置幾年，都能保持最佳收穫狀態。對高級玩家來說，這是再基本不過的常識了。」

「唔，嗯……是這樣嗎？」

「沒錯啦！聽我的就對了！」

說完，耶俱矢對美九豎起大拇指說：「上吧！」

「了解！那人家要施展魔法嘍～～」

『——破壞轟炸！』

美九和【牛奶】的聲音重疊在一起，【牛奶】的手杖發出光芒。

下一瞬間，驚人的爆炸蹂躪森林。

幾秒後，地面宛如月球表面一片坑坑疤疤。

被爆破咒語破壞的地形上散落著無數的道具圖示。

「唔……？」

不過，耶俱矢和夕弦卻露出不解的表情。

理由很單純。因為散落地面的全是些木材、蔬菜、石材等素材道具，並沒有看見任何類似財寶的東西。

「奇怪，應該不至於什麼都沒有吧……美九，那邊也麻煩妳了。」

「好的、好的～～！」

「適……適可而止喔……」

爆炸聲再次響徹整座森林，掩蓋了士道的聲音。

◇

「什、什、什麼……」

七罪目瞪口呆，雙手顫抖著。

「這是怎麼回事呀啊啊啊啊！」

然後難得地大吼出聲。

不過，這也難怪。因為在她上街購買十香她們的裝備這短短一個小時內，她在森林裡的房子就變成了一片空地，不對，根本是月球表面。

「這……這究竟是……發生了什麼事？」

「全都……化為烏有了……」

十香和四糸乃發出慌亂的聲音。七罪緊咬牙根，呻吟般繼續說道：

「大概……是被惡劣的玩家盯上了，然後用爆破魔法或炸彈類的道具破壞。」

「怎麼這樣……為什麼要做這種事……」

「……根本沒什麼理由。就像是午休時沒有伴一起吃便當，迫不得已只好一個人關在廁所隔間啃麵包，結果欺負人的孩子就會說：『奇怪？怎麼有一股怪味啊？』一直拍打廁所的門或是用水管往裡面噴水那種心態吧。要求未開化的野蠻人做文明事，根本是白費功夫。」

「唔、唔……？」

十香露出一副聽不懂的表情，歪了歪頭。

不過，現在必須先處理庭園的事情。七罪露出銳利的視線後，開始收集散落在四周的蔬菜和木材。

「喔喔，妳要重新建造嗎！」

「我們也……來幫忙！」

「……不是。我不會在這裡蓋房子了，去找其他場所吧。既然被麻煩人物知道這個地方，重新建造也可能會再遭到破壞——我要在這裡建造的是其他東西。」

「唔……？」

「其他東西……嗎？」

兩人聽了七罪說的話，吃驚得瞪大雙眼。

◇

在給予雪山區大魔王雪龍（第三輪）致命一擊的瞬間，二亞的電腦響起「嗶嗶」的警示聲。

「……！出現反應了！好像有人中了A地點的陷阱。」

說完，二亞望向琴里和折紙。

沒錯。琴里一行人在二亞的帶領之下，打敗各地的高等級怪物，不斷累積經驗值……同時，在路過的預測PK可能出現的地點事先設下陷阱。

然而——

「A地點……是在我們一開始經過的那座森林裡？」

「沒錯、沒錯。雖然有點遠，但是……搞不好抓到他了。妹妹跟小折折的等級也上升了，保險起見，還是去看看吧。」

「了解。」

折紙簡單地回答。琴里一行人立刻下雪山，沿著來時路回到之前經過的森林裡。

「欸，二亞……中陷阱的該不會是住在那個房子裡的居民吧？」

途中，琴里皺起眉頭詢問二亞。

沒錯。二亞調查的地點似乎有人居住，有一棟漂亮的木屋和農田。照理來說，比起不知道什麼時候會出現的ＰＫ，外出回家的居民中陷阱的機率還比較高。

「嗯，確實有那種可能性，所以我姑且設定成有進入戰鬥模式的角色才會中陷阱。反正，到時候再說吧，如果中陷阱的真的是那裡的居民，只要老老實實地道歉，再問他知不知道什麼有關ＰＫ的線索吧。」

「……感覺對方會指著我們回答：『就是你們啦！』……」

在談話的過程中，琴里一行人抵達目的地Ａ地點。

不過——

「咦……？」

琴里見狀，露出目瞪口呆的表情。

這也難怪。因為剛才還有著漂亮房屋和農田的空間已化為一片平地。

「這……這是怎麼回事？我們沒有搞錯地點吧？」

感覺像是被鬼遮眼一樣，琴里啞然失聲。這時，二亞的角色【亞尼】向前踏出一步。

「總之，先調查看看吧。這搞不好真的是【法蒂瑪】幹的好事……」

二亞說到這裡時，畫面突然刺眼地閃了一下，緊接著地面產生大爆炸，將三人的角色轟飛。

「咦……？」

琴里無法理解剛才發生的事情，用力揉著雙眼。

不過，眼前看到的畫面並沒有改變。變成窟窿的地面、四周飄散的煙霧，以及瀕死的角色。

宛如踩到地雷的慘狀。

「這……這是怎麼回事啊啊啊啊啊！」

二亞見狀，發出淒厲的叫聲。

◇

「啊啊，真是的……那個陷阱到底是怎麼回事啊……！」

大致搜索過森林小屋的殘骸後，士道一行人跟在耶俱矢身後走在道路上。

也難怪耶俱矢會不高興，結果森林裡一件類似財寶的物品都沒找到。也就是說，士道一行人只是失去貴重的裝備而已。

「嗯——可是，那為什麼要設下那個陷阱呢？」

「果然只是個惡作劇吧……？」

「唔唔……不知道是哪個人幹的，給我記住！」

「唔……我還以為不會有人發現那裡耶……」

七罪帶著十香和四糸乃，一邊尋找新的住處一邊懊悔地呢喃。

她心想搞不好犯人還會回來，就利用所有炸藥設置陷阱……但就算犯人被炸死，也無法消除這陰鬱的心情。

「不知道是哪個人幹的……給我記住……！」

「啊——！真是的！這到底是怎麼回事啦！」

大爆炸後，好不容易脫離死地的二亞一臉不耐地抖著腳。

二亞的角色雖然挺過了爆炸，但琴里和折紙的角色卻被炸死了，所以二亞用掉兩個珍貴的復活道具讓她們死而復生。

「不知道是哪個人幹的……給我記住！」

MMORPG北極星神域的世界裡，三組隊伍幾乎同時發出怨恨的叫聲。

精靈下線實況

OfflineSPIRIT

DATE A LIVE ENCORE 6

「——為了打倒在人氣MMORPG北極星神域鬧事的惡劣玩家【法蒂瑪】，【亞尼】與兩名夥伴展開了他們的冒險旅程。

不過，在旅行途中，【亞尼】一行人遇到不明所以的爆炸，受了重傷！

究竟發生了什麼事？而出現在那裡的神祕人影的真面目是——！

第二十三話〈朋友啊，在我的懷裡長眠吧〉。一定要看喔！」

「……妳在對誰說話啊，二亞？」

琴里瞇起眼睛望向大聲自言自語的二亞。於是，二亞「啊哈哈」地笑著回望她。

「沒有啦，該怎麼說呢，算是營造氣氛吧？」

「那是怎樣啊……話說，又沒有出現神祕的人影，還說什麼第幾話，簡直是莫名其妙。而且妳那是什麼標題啊，很明顯是我跟折紙其中一人死了吧？」

「不不不，標題要盡可能煽情一點才行。別以為看了第一集的讀者就會自動看第二集喔，妹妹。」

二亞用一種提醒人要注意的語氣說道。琴里嘆了一口氣。

琴里目前正待在二亞住的公寓房間裡，因為二亞拜託她和折紙一起幫忙玩線上遊戲。

「——所以，二亞，妳有想到為什麼會發生那場爆炸嗎？」

折紙操作自己的角色【獵戶座】說道。

「嗯～～那是爆破陷阱。是有人設在那裡的陷阱，大概是針對我們而設的。」

「妳是指，是【法蒂瑪】設的嗎？」

「很有可能。因為中了我設下的陷阱而怒火攻心，設下爆破陷阱來報復……這麼想就合情合理了。」

「原來如此。」

折紙和二亞一臉嚴肅地交談。琴里臉頰流下一道汗水。

「不是吧，應該是住在那裡的人幹的吧？妳不是在別人住的地方設下黏著陷阱嗎？所以才惹怒對方，遭到報復……」

「嗯……就算真是這樣好了，房子變成一片空地也太奇怪了吧？感覺惡劣PK比較有可能因為中陷阱而施展爆破魔法摧毀別人家來洩恨。」

「嗯……是這樣嗎？」

「是啦！啊啊，不可原諒！我一定要抓到他，凍結他的帳號，再挖出他的地址跟姓名放到網路上！」

「這種事情我熟練得很，交給我。」

「喔喔！小折折，妳真可靠呢！」

「呃，妳那是犯罪耶……」

琴里瞇起眼睛嘆息後，改變話題接著說：

「……然後呢，我們現在要去哪裡？」

「喔喔，我們現在要去中央城市，是北極星中最大的鬧區。我想要補血補魔，也必須補充道具才行，順便打聽一下情報──喔，說著說著就快到了。妳們看，就是那裡。」

「嗯……」

受到二亞的催促，琴里操作攝影機切換成角色的視角。

便看見前方出現一座巨大的城市。

◇

北極星神域最大的都市，中央城市。

如同其名，位於大陸中心的那座城市是「北極星」玩家們的冒險據點、生活根基，以及休憩之地。

據說以前並非如此大規模的城市，由於「北極星」能自己在喜歡的場所蓋建築物，追求便利

性的玩家們紛紛在此建造樓房，經年累月下來便形成了如同大型迷宮的巨大都市。

而一支奇特的三人隊伍正走在這個由官方和玩家通力合作建造而成的都市一角。

其中一名是戴著像魔女帽子的高挑美女——高級鍊金術師【可萊姆】，還有跟在她身後前進的兩名少女——農民【約舒亞】和木匠【禾日】。

「喔喔！好大的地方呀！」

「人好多……！」

【禾日】的玩家十香和【約舒亞】的玩家四糸乃在電腦前發出精力充沛的聲音。

不過，帶領她們的【可萊姆】玩家七罪卻小心謹慎地注視著螢幕，慎重操作著角色。

「……頭上顯示名字和狀態列的是玩家角色，沒有顯示任何資訊的就是遊戲裡的角色。盡量不要跟前者說話。」

「唔？為什麼？」

十香一臉納悶地歪了頭。看見她那天真無邪的反應，七罪「唔……」地皺起眉頭回答：

「……因為玩家角色就代表後面有真人在操縱他們啊，不像遊戲角色只會說出固定的臺詞，而是會說出要我們回應的話耶……！為什麼玩個遊戲還得顧慮別人才行啊……！」

「是……是這樣嗎……」

「唔，那妳為什麼要來有這麼多人在的城市啊？」

十香提出了一個再自然不過的問題。七罪微微點了點頭回答：

「……沒辦法啊。因為必須補充建築用的道具，才能重建被摧毀的房子和農田。」

七罪憤恨不平地說道，然後嘆了一大口氣。

她盡可能避免擋到玩家角色的路，走在道路邊邊如此發牢騷。

「買完必要的道具就馬上離開。我盡可能不想和人接觸，而且也必須尋找像那個地方一樣不會有人經過的森林——」

就在這時——

七罪止住了話語。因為畫面中的【可萊姆】突然撞到其他角色。

而且，對方的頭上還能看見姓名和狀態列。是玩家角色。

「……！」

七罪抖了一下肩膀，立刻在聊天視窗打下文字。

『——哎呀，你是怎麼回事？裝作不小心的樣子，也演得太故意了吧？』

接著，看見文字的十香和四糸乃露出驚訝的表情。七罪看見她們的反應後，皺起眉頭說：

「糟糕。」

「幹……幹嘛啦……這不是我，而是【可萊姆】說的話啦。」

「七罪，妳果然很厲害呢。」

「嗯，妳打字速度好快啊！」

「……啊，原來妳們驚訝的是這一點喔。」

七罪傻眼地滑了一下肩膀，嘆了一口氣，再次望向螢幕。

正當七罪思考著該如何應付這個角色時，角色頭上表示的狀態列不斷減少。

「咦……？」

『唔啊……』

角色全身產生受傷效果，噴出血來。

緊接著，那個角色突然「砰！」的一聲變成了棺材——遊戲裡表示死亡的畫面。

「咦……怎……怎麼會這樣……」

『嗚、嗚哇啊啊啊啊啊！』

七罪感到目瞪口呆的時候，其他玩家可能也目睹了這幅情景，發出尖叫聲。

這也難怪。都市是怪獸無法進入的安全區域，通常不可能出現死者，大家情緒會受到影響也是理所當然。

結果，這時又有一名玩家角色來到【可萊姆】身邊。

『來人啊！是那傢伙把他殺死的！』

「咦？咦？」

對方言之鑿鑿地這麼說，令七罪目瞪口呆。

……感覺明顯被捲入了麻煩事。七罪深深呼吸了一口氣，面向鍵盤想要圓滑地離開現場。

『抱歉，我趕時間。呵呵呵，不好意——』

然而，就在她打字的時候——

畫面突然竄過一道刺眼的閃光，隨後一名角色出現在【可萊姆】等人的面前。

◇

「哇……好熱鬧的地方啊。這裡就是中央城市嗎？」

士道踏入都市境內，發出讚嘆聲。

這座城市跟過去所造訪的城市規模不同，非常龐大，鱗次櫛比的建築物與來來往往的民眾數量都有著天壤之別。四周充滿活力，熙來攘往，人聲鼎沸。士道大概能理解為什麼有些玩家不選擇打怪，只享受在奇幻世界的生活就感到心滿意足了。

「就是說呀，好熱鬧呀～～而且想不到女孩子還滿多的，真是令人開心呢～～人家本來還以為玩這種遊戲的人都是男生居多～～」

在士道旁邊玩遊戲的美九滿心歡喜地說道。

於是，坐在對面的八舞耶俱矢和八舞夕弦姊妹露出邪惡的笑容。

「呵呵呵……如果妳以為妳眼裡所見的都是事實，可是會吃苦頭喔。」

「忠告。使用女性角色的人未必是女性，也有可能是男性。」

「呀——！」

美九聽了兩人說的話，發出慘叫。八舞姊妹哈哈大笑。

「討厭啦，為什麼要做那種事呀！這陷阱太壞心了～～人家認為男生就應該老老實實地使用男性角色才對～～！」

「……喂。」

士道聽了，給了美九一個白眼。

這也難怪。士道環視畫面中並排站著的四人角色。

耶俱矢的暗堂騎士【†幻夜†】、夕弦的靜寂獵人【柚子】、美九的魔法師【牛奶】——以及士道的美少女聖職者【仕織】。

正如所見，士道的角色是美九她們趁他暫時離開位子時，偷偷改造成可愛的女生。

然而，美九不知是忘記這件事還是沒發現自己說的話有所矛盾，只是抖著肩膀憤世嫉俗。士道嘆了一大口氣，接著說道：

「所以，防具店在哪裡？」

沒錯。士道一行人會造訪這座城市，正是為了收集情報，以及——補充失去的裝備。

據說傳說中的玩家【法蒂瑪】隱藏了寶藏。耶俱矢和夕弦在偶然的情況下得到記載那個寶藏所在之處的線索，於是拜託士道與美九幫忙尋找，兩人才開始玩這個遊戲……卻在尋找寶藏的途中，中了神祕的黏著阱阱，失去了裝備。

「啊啊，看到了、看到了。」

說完，耶俱矢指向前方的店。那裡聳立著掛著盾形招牌的大型商店。

「引導。來，請進。」

受到耶俱矢和夕弦催促，士道踏進店裡。

店裡擺放著各式各樣的鎧甲和長袍，疑似冒險者的玩家角色們在店裡物色商品。

「好了，你們兩人先找找自己的職業能裝備的物品吧。」

「嗯，知道了。」

「了解——啊啊啊！」

美九突然大叫出聲，令士道不禁瞪大了雙眼。

「什麼事？怎麼了，美九？」

「『祝福的馬甲』！這個！人家想要這個！」

美九說完指著像是綜合了內衣和束腰，十分性感的貼身衣物，而且順便似的也挑了一雙成套

的吊帶襪。

「喂、喂……別看外表，要確認性能……」

「一定要買這個送給【仕織】穿！」

「為什麼啊！我絕對不會穿那種東西！」

士道忍不住大叫出聲。就算是在遊戲裡，穿那種服裝走在外面，怎麼想只覺得頭腦有問題。

「叮咚！」就在這個時候，五河家的門鈴響起。

「…………」

總覺得有不祥的預感，士道沉默不語。並不是預感有不速之客，真要說的話，是害怕在美九等人的面前留下電腦，離開現場。

「……我先聲明，我不在的期間不要亂動電腦喔。」

「咦咦？你在說什麼呀～～那是當然的呀～～」

美九睜眼說瞎話地說道。士道的臉頰流下汗水。

但又不能不去應門。士道再次叮嚀後離開客廳，走向玄關。

於是，幾分鐘後——

「我不是要妳別亂動電腦嗎！」

回到客廳的士道看見畫面後大喊。

這也無可厚非。因為畫面裡的士道角色【仕織】正穿著之前提到的那件「祝福的馬甲」。
「呀～～！果然很適合呢，【仕織】～～！」
「首肯。不只外表好看，防禦力也很高，還能耐受許多異常狀態，像是中毒、麻痺、回避睡眠……回避DB？這是什麼？」
「應該是指Debuff吧？能避免被敵人減弱屬性和能力，不是超強的嗎？」
「但也不該讓我穿上這種東西吧！我要換掉！」
士道操作滑鼠想換下【仕織】的裝備。
但是不管點擊幾次，都只有顯示出骷髏頭的符號和錯誤音效罷了。
「被詛咒啦啊啊啊啊啊啊！」
沒錯。與「祝福的馬甲」這名字恰恰相反，這個裝備受到了詛咒，無法卸下。
「喂！怎麼可以賣這種東西啊！這家店是有病嗎！」
「啊啊，不是的、不是的。我們是在買下這個裝備後，再利用道具下咒的。那個道具叫作『怨念之鈴』，還滿稀有的。」
「說明。順便說一下，現在手邊並沒有能夠解除詛咒的道具。」
「妳們搞什麼鬼啊，我說真的！」
士道發出高八度的聲音表明抗議之意，但是……換不掉也沒辦法，只能祈禱快點得到解除詛

咒的道具，等待大家採買裝備。

不久，所有人都購物完畢。身穿漆黑鎧甲的暗堂騎士、裝備方便行動的皮鎧甲的靜寂獵人、披著可愛長袍的魔法師，以及不知為何單獨穿著性感內衣的聖職者，四人組成十分奇特的隊伍。

「好了，那麼走吧，去尋找【法蒂瑪】的財寶！」

「回答。喔～～」

「喔～～！」

「……妳們給我記住。」

士道語氣怨恨地如此說完，和大家一起走出防具店。

那一瞬間，走在大馬路上的玩家角色間傳出越來越多的吵雜聲。

「嗚哇啊……嗯……？」

士道一開始還以為是穿著內衣走到路上的【仕織】太過引人注目，但看來並不是。似乎是街上發生了什麼騷動的樣子。

「怎麼回事……？」

『呀啊啊啊啊啊啊！』

『死人啦！』

『是ＰＫ！被ＰＫ殺死了！』

這樣的吶喊聲蔓延開來的同時，畫面上原本聚集在一起的玩家角色開始東逃西竄。

「ＰＫ……在這個城市裡嗎？」

「是喔，真稀奇呢。在中央城市引起這種騷動的話，感覺會被自衛隊盯上呢。」

「…………」

聽到這句話，士道一語不發。理由很單純，因為耶俱矢的眼睛異常閃亮。

「我姑且問一下，我們也逃走……」

「你在說什麼啊！ＰＫ難得一見，不能錯過這個機會！」

「首肯。我們走吧，士道、美九。」

「好的！」

「我想也是……反正是遊戲，倒是無所謂啦，但你們要適可而止喔。」

士道語帶嘆息地如此說完，便移動【仕織】追在【†幻夜†】和【柚子】的身後。

不久後，看見五名角色站在四周空無一人的大馬路中央。

四名女性角色和一名面對她們的男性。

就情況看來，後者似乎是ＰＫ的樣子，那是一名身穿漆黑外套的銀髮男子。雖然是遊戲畫面，卻能感覺到異樣的壓迫感，不祥的氣氛。

「……感覺氣氛不妙呢……嗯？」

士道看見男子的狀態列後，不禁皺起眉頭。

不過這也是理所當然的事。因為狀態列上記載的是——

【法蒂瑪】等級99。性別：男。職業：世界破壞者。

耶俱矢她們所說的傳說中的玩家之名。

「喂、喂，耶俱矢，這傢伙是……」

就在士道打算跟耶俱矢說話的時候，他發現了一件事。

【†幻夜†】和【柚子】在士道確認男子資訊的期間，消失了蹤影。

「……該、該不會……」

『——等一下！』

『登場。既然【柚子】等人路見不平，必定拔刀相助。』

士道因不祥的預感而臉頰抽搐的同時，【†幻夜†】和【柚子】如此說道，介入男子與四名少女之間。

不祥的預感成真。這種典型的場面，英勇的耶俱矢和愛湊熱鬧的夕弦怎麼可能不多管閒事。

『汝等，沒事吧？』

『咦？啊，沒事。你是？』

【†幻夜†】說完後，戴著魔女帽子的美女一臉困惑地回答。

【†幻夜†】撥了一下頭髮，接著說：

『呵！無名小卒，不足掛齒。只是，欺負弱者的行為，吾可無法坐視不管——』

話還沒說完，【法蒂瑪】就舉起手，【†幻夜†】所在的地方立刻產生爆炸。

「你幹嘛啊！別人在講話的時候不能攻擊，你連這點常識都不懂嗎！」

「呃，會遵守規則的人還會去當ＰＫ嗎……」

士道如此低喃，【法蒂瑪】正好再次朝【†幻夜†】舉起手。

「不妙……！」

耶俱矢急忙點擊滑鼠移動【†幻夜†】，然而卻來不及——！

就在這個時候——

『——神聖刺擊！』

某處響起這道聲音，旋即出現無數的光之刃朝【法蒂瑪】集中落下。【法蒂瑪】當場跳開，躲避攻擊。

「這是——」

士道望向攻擊的源頭，便看見三名冒險者的身影。

其中一人——聖騎士【亞尼】睥睨四周，將劍指向【法蒂瑪】。

『——終於找到你了，臭小偷。讓我們好好清算一下過去的帳吧。』

『……哦？』

於是，先前始終沉默不語的【法蒂瑪】開口道：

『聽你這語氣……原來如此，是這麼回事啊。呵……我是一時心血來潮才來這裡的，沒想到竟然會遇到你。』

說完，【法蒂瑪】露出狂妄的笑容。

耶俱矢見狀，一臉不悅地發出聲音：

「……咦！這種因緣糾葛的氣氛是怎樣？我該不會被遺忘了吧？」

「這個嘛，嗯……」

『——有意思。再見了，舊軀殼。到時候，【法蒂瑪】之名將完全屬於我吧。』

正當士道不知該如何回答時，【法蒂瑪】揮了揮手。

畫面發出刺眼的光芒，一瞬間什麼都看不見。

「什麼……！」

畫面恢復原狀的下一瞬間，【法蒂瑪】已經消失得無影無蹤。

◇

『……所以呢？』

【法蒂瑪】襲擊後，過了數十分鐘。

位於中央城市一角的酒館，戴著魔女帽的女性角色【可萊姆】不滿地嘆息。

『為什麼我們得受到這種待遇啊？我們是受害者……只是受到牽連而已耶。』

『我明白、我明白。只是想問一下剛才那傢伙的事情而已。』

安撫【可萊姆】的是剛才擊退【法蒂瑪】的聖騎士【亞尼】。

沒錯。在那之後【亞尼】說想打聽事情的來龍去脈，便把在場的角色們帶來這裡。

士道依序看向並坐在圓桌前的角色們。

【†幻夜†】等級38。性別：男。職業：暗堂騎士。

【柚子】等級38。性別：女。職業：靜寂獵人。

【牛奶】等級10。性別：女。職業：魔法師。

【仕織】等級10。性別：女。職業：聖職者。※受詛咒中。

以上是士道等人的隊伍成員。

【亞尼】等級80。性別：男。職業：聖騎士。
【玨今】等級21。性別：女。職業：戰士。
【獵戶座】等級21。性別：男。職業：盜賊。
以上是幫忙解圍的【亞尼】的隊伍。
【可萊姆】等級45。性別：女。職業：高級鍊金術師。
【約舒亞】等級1。性別：女。職業：農民。
【禾日】等級1。性別：女。職業：木匠。
以上是與【法蒂瑪】對峙的三名少女，還有——
【梅亞莉】等級16。性別：女。職業：吟遊詩人。
一名向她們求助的少女。
『對方是誰，妳們有頭緒嗎？為什麼那傢伙會盯上妳們？』
『就說不知道了嘛。我們只是被牽連進去而已。』
『那邊那兩個人也是嗎？』
【亞尼】將話題拋向坐在【可萊姆】旁邊的兩人。結果頓了一拍後，【約舒亞】和【禾日】回答：
『你好我是約蘇阿。』

『7gsp.j喔。』

『……妳們說什麼？』

【亞尼】納悶地說道。【可萊姆】一臉傷腦筋地把手放在頭上。

『……抱歉，這兩人還不習慣打字。』

『啊……』

【亞尼】搔了搔頭，這次望向【†幻夜†】一行人。

『那麼，你們呢？』

『呵，吾等不過是見義勇為罷了。』

『提問。話說，【亞尼】你跟【法蒂瑪】又是什麼關係呢？』

『…………』

面對【柚子】的提問，【亞尼】沉默不語。

順帶一提，這時耶俱矢大聲說道：「咦？剛才那是【法蒂瑪】嗎？」而夕弦則是吐槽她：「驚愕。耶俱矢沒有發現嗎？」

『懷疑。【柚子】不願相信傳說中的玩家【法蒂瑪】是那種惡漢。要問別人問題之前，你應該先說明自己的來歷吧？』

聽見【柚子】說的話，【亞尼】死心般嘆了一口氣。

可萊姆
仕織
亞尼
禾日

『……沒辦法。希望你們保密……』

【亞尼】頓了一拍後，將大拇指指向自己。

『其實……我就是【法蒂瑪】。』

『什麼……？』

『……這是什麼意思？』

聽見意想不到的自白，酒館的圓桌流淌著困惑的空氣。【亞尼】聳了聳肩，接著說道：

『就是字面上的意思。【法蒂瑪】是我以前創造出來的角色，經過不斷的鍛鍊，是「北極星」第一個達到等級99的人……不過數年前，因為私人因素，長期沒有登錄帳號，隔了很久後想要登錄帳號時，卻顯示「密碼錯誤」。』

『該不會是被人盜帳號了吧？』

【亞尼】聽了【可萊姆】說的話，點頭稱是。

『然後，同時又傳出惡劣PK【法蒂瑪】的流言。有人利用我的【法蒂瑪】到處作亂——當然，我也向官方告過狀，但完全沒有得到回應，我只好自己把他找出來教訓了。』

【亞尼】說完，「磅！」地用力擊打拳頭。

士道搓著下巴回答：「原來是這樣啊。」【亞尼】說的話不能無條件盡信……但照他這麼說來，也能理解剛才【法蒂瑪】為何會做出那樣的言行舉止了。

這時，耶俱矢像是想起什麼似的拍了一下手，敲起鍵盤。

『對了，如果你就是【法蒂瑪】，應該對這個東西有印象吧？』

說完的同時，【†幻夜†】從道具一覽表把「信」叫出來。沒錯。耶俱矢與夕弦的目的就是記載【法蒂瑪】財寶所在之處的這封信。

【亞尼】目不轉睛地凝視信件後，發出「啊……」的聲音。

『好懷念啊。聽你這麼提起，我確實寫過這種東西呢。打到最後的幕後大魔王後，雖然得到了傳說中的一系列裝備，卻因為太強，打亂了這世界的平衡，就把那些裝備藏到世界的各個角落去了。』

『所……所以，這果然是真的嘍！』

『疑問。不過，這上面記載的地點卻什麼寶物都沒有。該不會是有人——例如被那個【法蒂瑪】給挖走了吧？』

『嗯？那可不一定。如果挖到什麼東西，不裝備起來未免也太奇怪了。更何況就算知道場所，也不一定能得到。』

『咦？這是什麼意思？』

【牛奶】詢問後，【亞尼】便豎起一根手指（明明是遊戲角色，卻每個動作都那麼細膩，真是了不起）說明：

『我利用傳送咒語跟定時限時這兩種招式，將寶物設定成隨機移動到世界數百個藏寶地。所以老實說，現在那些寶物在哪裡，連我自己也不知道。』

『咦咦？那不就等於根本拿不到嘛！』

『嗯……可能吧。前陣子還有手段能正確知道那些道具在哪裡，但現在因為各種原因，沒辦法使用那個方法了。』

『這樣啊……我姑且問一下，那一系列傳說中的裝備真的那麼強嗎？』

【玨今】詢問後，【亞尼】做出回憶的動作回答：

『啊……像是失血的瞬間會把血補回來的「不死鏈甲」、一擊便能殺死對方的「死亡魔劍」、移動速度快一百倍的「飛毛腿靴」。而且只要擁有其中一樣，就能避免所有異常狀態和被敵人減弱屬性和能力。』

『這樣……確實會破壞平衡呢……話說，飛毛腿靴反而會造成遊戲上的不便吧？』

『就是說啊。老實說，那畫面讓我瞬間頭暈，我就決定封印它不用了。』

於是，【柚子】像是想起什麼似的抬起頭。

『想起。這麼說來，【柚子】等人在前往這個場所時，附近設下了陷阱。那該不會是【法蒂瑪】設的吧？』

聽見這句話，【亞尼】發出「啊……」的一聲，搔了搔下巴後回答：

『有這個可能。在挖掘地點布下陷阱捕捉想得到寶物的冒險者，是滿有效率的。』

【亞尼】說完，坐在他旁邊的【玨今】和【獵戶座】發出聲音表示同意。

『嗯……這樣說來，我們也中了陷阱。』

『那果然是【法蒂瑪】幹的吧？』

說完後便點點頭。看來他們也吃了【法蒂瑪】的苦頭。

『那個～～有一件事人家從剛才就一直很在意，可以提一下嗎～～？』

就在這時，美九操作的【牛奶】這麼說了。

『嗯，什麼事？』

『【亞尼】你從剛才說話的語氣就很像女生……你該不會是女生吧～～？』

『嗯，是啊。我沒說過嗎？啊，順帶一提，這位【獵戶座】其實也是女生使用男性角色。』

【亞尼】若無其事地說了。於是，【牛奶】開心地手舞足蹈。

『呀～～！原來是這樣啊！什麼嘛，如果是這樣就早說嘛～～！』

『啊哈哈，抱歉、抱歉。不過，還滿多這種情況的不是嗎？使用不同性別的角色。像【†幻夜†】，妳也是女生吧？』

『妳……妳怎麼會知道！』

『沒有啦，只要觀察說話和動作的小細節，大概就能知道。其他……』

【亞尼】一邊說一邊環顧整個圓桌。

「……！」

士道倒抽了一口氣。看來【亞尼】是個非常資深的老鳥玩家，就算偽裝性別也會被看穿。也就是說，她應該也會看穿使用穿著內衣的美少女角色的士道其實是男生——

『嗯，其他全都是女生，不會有錯。』

「……為什麼啊！」

看見【亞尼】這句話，士道不由得在現實世界吐槽。美九和八舞姊妹捧腹大笑。

『嗯……？』

就在這時，【可萊姆】發出微弱的聲音。

好像是在看【†幻夜†】出示的「信」。她一字一句地閱讀，沉默了片刻。

『……這個座標，該不會是我的……』

過了一會兒，【可萊姆】猛然抬起頭。

『……我問一下，那個【法蒂瑪】是會為了尋找財寶，摧毀蓋在那裡的房子的那種人嗎？』

『咦？嗯～～畢竟他是ＰＫ啊，應該會毫不猶豫地做出那種事吧。』

『……原來如此——妳叫【亞尼】是吧？妳接下來要找出【法蒂瑪】那個傢伙，好好嚴懲一番吧？』

『噢，嗯，是啊。』

『如果妳不介意，我們也想幫忙找他……其實我們也對那個【法蒂瑪】有深仇大恨。』

【可萊姆】用光是看字面就能感受到怨念的語氣說道。【亞尼】做出大吃一驚的動作後，點了點頭。

『真的嗎？我當然非常歡迎啊。有等級高的玩家幫忙，我求之不得。不過，妳隔壁那兩人最好再多鍛鍊一下。』

『我會加油。』

『g；pks。』

『啊哈哈，ＯＫ、ＯＫ，交給我吧。』

【亞尼】哈哈大笑，豎起大拇指。

於是【†幻夜†】緊接著說：

『且慢！吾也是志向相同之人！吾要給予欺騙吾的假英雄血之制裁！』

『翻譯。【†幻夜†】說她也想加入妳的隊伍。』

『真的嗎？幫了大忙啊。我覺得自己練的等級已經算高的了，但光憑備用的角色【亞尼】一個人，還是無法敵過【法蒂瑪】。』

『呵呵，交給吾吧！讓汝見識見識吾的黑暗力量！』

酒館的圓桌立刻炒熱了氣氛。

不過就在這時，【玨今】語氣沉著地發言：

『——但是，具體來說該怎麼做？不但不知道【法蒂瑪】在哪裡，他平常會使用……是叫作「隱形帷幕」嗎……這種道具來隱藏姓名和資訊吧？我們要從何找起啊？難道要再等另一個隨機殺人事件發生嗎？』

『嗯，這個嘛……』

就在【亞尼】說到這裡的時候——

『那……那個……！』

始終保持沉默的少女——【梅亞莉】突然出聲了。

『嗯，怎麼了？』

『呃，謝謝妳們幫助我，不好意思，這麼晚才向妳們道謝。』

『噢，沒關係、沒關係啦。是我擅自出手的。』

『別這麼說……那個，然後啊——』

【梅亞莉】猶豫了一下，繼續說道：

『我搞不好，可以幫上忙……！』

『嗯？妳也要加入隊伍嗎？』

『那……那怎麼行！不敢當！不是這件事……我大概知道那傢伙在哪裡。』

『……？什麼意思？』

【亞尼】詢問後，【梅亞莉】做出緊張的動作，開始說道：

『那個……其實當時被【法蒂瑪】殺害的，是我的男友。』

『咦，是這樣嗎？』

『對……不是的，那個，在遊戲裡是男女朋友的關係，現實中我沒有見過本人……』

【梅亞莉】難為情地搔了搔頭，接著說：

『所以，那個……雖然有點難以啟齒，我的男友似乎和那個【法蒂瑪】聯手做壞事……』

『做壞事？』

『是的……當PK，把搶來的稀有道具拿去RMT換錢……』

『RMT是什麼啊～～？』

發問的人是【牛奶】。【可萊姆】回答她：

『Real Money Trade。簡單來說，就是把遊戲裡的道具賣掉，換成現實中的錢。「北極星」應該算是有公開禁止……』

『是喔！原來是這樣呀！話說，【可萊姆】妳真是漂亮呢。人家得了一種會想向漂亮大姊姊撒嬌的病，妳可以治療人家嗎？』

『……這孩子是怎樣？有點可怕耶……』

【可萊姆】一臉困惑地說道。士道無力地苦笑。

【亞尼】不理會兩人，慢慢舉起手抵在下巴。

『原～～來如此啊……當ＰＫ不滿足，還拿我的【法蒂瑪】去幹那種寒酸的事。』

『沒錯……所以他跟我交往之後，說要停止幹這種壞事，去找對方談判……本來事情應該就此結束才對……』

『封口……應該是殺人滅口來洩憤吧。還真是為所欲為呢。真的要揍他一拳才能消我心頭之恨啊。』

聽到這句話，士道微微屏住呼吸。沉穩的語氣中，確實感覺得出他——不對，玩家是女性——的怒氣。

『所以【梅亞莉】，妳說妳大概猜得出那傢伙在哪裡是嗎？』

『是、是的……我之前曾經聽我男友提起一個地方，他們會把從玩家角色身上搶來的道具保管在那裡……只要在那裡守株待兔，那傢伙應該會出現……！』

【亞尼】聽了【梅亞莉】說的話，盤起胳膊低吟。

『原來如此，得到了重要的情報呢。不過，我不認為他會一直守著那個據點。就算殺了叛徒，現實世界的玩家也還活得好好的，搞不好反而會加強警戒。如果要進攻那裡，今天之內就必

須行動。不好意思，沒有時間讓其他人提升等級了。』

說完，【亞尼】環顧圓桌，像是在徵求大家的意見。

於是所有角色都做出了解的動作回應她。

不過——

『飯ｋｄｓｄ點ｋ。』

【禾日】打出奇妙的文字後，【可萊姆】立刻出聲翻譯。

『抱歉，不好意思，可以讓我們稍微休息一下嗎？』

『嗯？是可以啦，但有什麼事嗎？』

『這孩子說她肚子餓了。』

『啊……』

【亞尼】點頭認同。

這時，士道也「啊」地發出短促的聲音，望向掛在客廳牆上的時鐘。晚上六點。這個時間就算大家跑來吃晚飯也不足為奇。

「糟了，已經這麼晚了，得準備晚餐才行……」

士道額頭冒出汗水說完，便敲打鍵盤。

『不好意思，我得先下線準備晚餐。』

『喔，【仕織】，妳該不會是家庭主婦吧？哎呀～～人妻操縱穿著性感內衣的角色也很不錯呢～～』

「…………」

【亞尼】說出這句話，令人懷疑她是否真的是女性玩家。士道沉默不語，美九和八舞姊妹捧腹大笑。

『嗯，ＯＫ、ＯＫ。那麼大家先去吃晚餐、洗澡，十點左右再到這裡集合，怎麼樣？』

『好，了解。』

『也罷，那麼到時約定之地再見。』

『好的……麻煩各位了。』

各個隊伍的代表如此回答——角色依序從畫面登出。

◇

——時刻為晚上七點。

「那麼，我要開動了。」

「我要開動了！」

五河家的餐桌上響起宏亮的聲音。

剛才為止只有士道、八舞姊妹和美九四人的五河家，如今聚集了好幾名精靈。餐桌坐不下那麼多人，於是客廳的桌子也擺滿了菜餚。

今天的菜色是手捲壽司。雖然製作醋飯要花一點時間，但相較之下比較快做好，也容易依人數多寡來調整數量，算是一道快速料理。

「啊～～嗯……唔！」

由於裡面包了滿滿的料，壽司的形狀有點難看。十香將壽司大口塞進嘴裡，一臉幸福。

「嗯、嗯……真好吃！這真是美味呢，士道！」

「哈哈，妳喜歡就好。」

士道說完，琴里一臉納悶地歪了頭。

「不過，今天不是本來要做其他菜嗎？」

「咦？啊，這個嘛……」

士道不知該如何回答。理由當然是因為玩線上遊戲玩到沒有時間準備晚餐……但是老實這麼說的話，士道會感到內疚，只好乾咳幾聲蒙混過去。

「呃，沒有啦，就是看心情啦，看心情……話說，今天大家比較晚來吃飯呢，發生什麼事了嗎？」

「唔？喔喔！對了，士道！你聽我說，我跟七罪玩線上──」

「啊啊啊啊啊啊啊啊啊啊！」

十香話說到一半，七罪突然大喊。

「喂，十香……………就說……」

「嗯……我知道了！跟七罪玩遊戲的事情要保密！」

「就說要保密了，妳還說出來！」

七罪忍不住大叫。面對一如往常的對話，士道「啊哈哈」地苦笑。看來十香在七罪的房間玩遊戲。這也沒什麼好隱瞞的啊……

看見七罪的模樣，二亞的眼鏡閃過一道光芒。

「嗯？怎麼了，七果？只是玩遊戲幹嘛那麼緊張？難不成──」

「咦……！」

七罪聽到這句話，身體抖了一下。二亞「呵呵呵」地竊笑後，猛然指向七罪。

「七果，妳讓十香玩色情遊戲對吧！而且，看妳那麼動搖的樣子……應該不是純愛系，而是妳愛得要死的凌辱系！」

「噗呼──！」

聽見二亞說的話，七罪和士道不禁嗆到。

「七……七罪，妳該不會……」

「別相信她啦啊啊啊啊啊！我、我怎麼可能玩那種遊戲啊！」

「咦～～妳就老實承認嘛，七果。哎呀，真是開心呢。沒想到身邊有美少女色情遊戲玩家，讓我們徹夜長談吧～～人家想詳細了解七果的癖好。我個人的猜想是老少配或是花痴女。」

「不要隨便猜想別人的癖好啦！」

七罪拍打桌面，發出哀號。二亞開懷大笑個不停後，突然想起什麼似的捶了一下手心。

「……啊，對了。抱歉啊，今天我十點以後有事，明天再跟妳聊吧。」

「十點？有什麼事啊～～？」

歪頭提問的是美九。於是，二亞故作神祕地瞇起眼睛，嘆了一口氣。

「嗯……有點麻煩事。簡單來說——就是以前男人的事。」

「咦……咦咦！」

二亞的爆炸性發言令美九瞪大了雙眼。

「二亞，妳……妳這話是什麼意思？」

「沒什麼意思。我也是個成年女性了，有一兩件這種事也沒什麼好大驚小怪的吧？」

說完，二亞做出嬌媚的動作。精靈們對她投以驚愕、懷疑或是無奈的視線。

◇

當天晚上。

為打倒【法蒂瑪】而聚集在一起的臨時隊伍造訪了位於大陸東端的高難度迷宮「煉獄城」。

巨大的古城飄散著十分不祥的氣息，聳立在月光下的模樣，簡直是一座魔城。雖然是遊戲的視覺設計，但光看外表就有種讓遊戲新手想轉身離開的異樣壓迫感。

『沒想到他藏身在這種地方，難怪沒有人會靠近。』

【亞尼】搓著下巴說道。士道歪著頭敲打鍵盤。

『這是個特殊的場所嗎？』

『嗯。是「北極星」當中最高難度的迷宮之一，敵人強得不像話。如果不是超高等級的角色，沒辦法輕易進出。』

『原來如此……不過，那不就代表我們也沒辦法進去了嗎？』

『請放心！』

回答【仕織】的是帶領大家到這裡的【梅亞莉】。

『根據我從我男友那裡聽來的情報，這附近……』

【梅亞莉】說著說著，開始在城牆四周摸索。

不久，「喀叩」一聲，地面的一部分開啟，顯露出通往地下的階梯。

『喔喔！暗門！』

『哼哼，的確，他自己倒也就罷了，要是生意夥伴無法出入就麻煩了。會有這種機關也是理所當然的。』

【亞尼】表示認同，望向大家。

『——好了，那麼各位，妳們準備好了嗎？步驟就按照我剛才說明的那樣。』

所有人一齊……不是，疑似按照操作角色的熟練程度，依序點頭回應。

來到這裡之前已經聽說了作戰的重要事項。

【仕織】和【牛奶】等後衛魔法職角色徹底唱誦輔助咒語，強化隊伍並減弱敵人的防禦性。而以【亞尼】為中心的高級職團體就從四方不斷攻擊【法蒂瑪】。

順帶一提，等級1的【禾日】和【約舒亞】則是朝【法蒂瑪】盡情扔「石頭」，這個道具不管等級多少都能造成對方一定的傷害。是利用角色的特性與人數來擊潰敵人的作戰方法。

實際上【亞尼】的玩家操縱的真正的【法蒂瑪】過去跟大型公會發生糾紛時，也曾經被這種戰法對付過。她用光手上所有的道具才好不容易保住小命，逃之夭夭。

『戰爭就是要以人數致勝，一名英雄敵不過百名的凡人。玩家單獨一人要獲得最強稱號，簡

直是痴人說夢。就遊戲結構來說是不可能做到的。』可以的話，還真不想看到傳說中的玩家心有戚戚焉地說著這種話的模樣。

不過反過來說，士道一行人也有可能利用這種作戰方式打敗【法蒂瑪】。當然，如果【法蒂瑪】有同伴就又另當別論了。然而，就對方會親自清理叛徒這一點來看，想必人員也不充裕。

『——很好。那麼在大家修理【法蒂瑪】的期間，【獵戶座】和【玨今】就負責竊取他的帳號資料。』

『交給我。只要知道他的帳號跟密碼，我就能查出他的地址、姓名、年齡，甚至是有多少顆蛀牙。』

『咻～～！妳真可靠，【獵戶座】。如果妳是敵人，我光想就全身發毛了。』

『……妳們兩個不要說那麼可怕的話啦。大家都嚇到了。』

【玨今】無奈地說道。事實上，【可萊姆】和【梅亞莉】兩人明顯嚇個半死。【獵戶座】……到底是何方神聖呢？

『別害怕啦，我沒打算亂用他的個人資訊啦。只是要拿回我【法蒂瑪】的帳號，順便寄黑函到他家裡，讓他不敢再做出這種事而已。』

『前者倒也就罷了，後者感覺會違反治安管理條例啊……』

【玨今】面有難色地交抱雙臂。不過，【亞尼】卻一臉不在乎的樣子。她舉起手帶領其他人

走下暗梯。

『各位，那我們走嘍。跟上來！』

『喔——！』

隊伍成員回應她，依照前鋒高級職、輔助成員、投石組，以及殿後的【梅亞莉】這個順序潛入地下。

士道緊張得吞嚥口水濕潤喉嚨，操作角色走下長長的階梯。

不知道前進了多久，一行人來到一扇門前。

『很好——突擊！』

【亞尼】打頭陣，破門而入。隊伍成員緊接著蜂擁而上。

【仕織】也跟著進入房間，立刻開始詠唱咒語。

雖說寡不敵眾，但對手可是最強角色【法蒂瑪】。士道一行人必須趁虛而入，先下手為強才能獲勝。

然而——

『……嗯？』

因為【亞尼】的這句話，籠罩四周的緊張氣氛瞬間煙消雲散。

理由很單純。因為【法蒂瑪】並不在房間裡。

『呼……他不在啊。那大家調查看看房裡的收納箱吧。要是裡面裝有珍貴的道具，表示他很有可能還沒把道具拿去賣錢，我們就先設下陷阱吧。』

『了解！』

大家遵照【亞尼】的指示，開始調查擺放在房間各處的道具收納箱。

就在這個時候——

『——破壞裝束（Dress Break）。』

某處突然傳來這個咒語。

『什麼……！』

響起【亞尼】慌亂不已的聲音。

下一瞬間，整個房間散發出亮光——隊伍成員穿的服裝猛然震裂。

『咦、咦咦！』

有人發出驚慌失措的聲音。不過，這也無可厚非。因為呈現半裸狀態的角色們羞紅了雙頰，做出用手遮掩胸部的動作。

順帶一提，【亞尼】、【†幻夜†】、【獵戶座】等男性角色也做出同樣的動作，感覺超傷眼的。

『咦！這是怎麼回事！角色不能動了！』

『驚慌。螢幕顯示出「害羞得無法動彈」這一行文字。』

『竟然會有這個異常狀態！我都不知道！』

【亞尼】焦急地大喊。

這時，站在【仕織】背後的人影晃動了一下——是【梅亞莉】。

『什麼——』

【仕織】不由得屏住了呼吸。【梅亞莉】原本可愛的身體突然染黑，隨後變成一名身穿黑衣的男人姿態。

那副姿態——是【仕織】一行人曾在街上看見的【法蒂瑪】的模樣。

「隱形帷幕」，那是能修改外表和個人資訊的道具。

『【法蒂瑪】！你把【梅亞莉】弄到哪裡去了！』

【仕織】說完，【法蒂瑪】聳了聳肩，發出竊笑。

『她現在應該在遊戲一開始的街上清醒過來了吧——幸好你們休息了一段時間。』

『嘖……你趁大家解散的時候，冒充成【梅亞莉】嗎！』

『沒錯。沒想到我的創造主竟然會上當——你真是大意呢。你鍛鍊這個【法蒂瑪】的本事確實出色，但你也差不多該退休了吧。』

聽見【法蒂瑪】說的話，【亞尼】懊悔地發出呻吟。

『【法蒂瑪】並沒有學會破壞裝束這種咒語！你是在哪裡得到這種力量的！』

『是在前陣子更新之後學會的。』

『……啊——』

【亞尼】恍然大悟。線上遊戲日新月異，有些新增的功能，數年前的玩家【亞尼】會不知道也是無可厚非。

『不過……竟然有一個人逃過了我施展的魔法。』

『咦？』

這時，士道才發現陷入半裸狀態無法動彈的角色當中，只有【仕織】一個人依然保持先前的狀態站著……由於一開始就幾乎是半裸的打扮，對方不說，他還沒有察覺。

『還真是僥倖——不對，是那羞恥的服裝附有回避DB(Dress Break)的功能吧……？我以為妳是因為興趣才這麼打扮的，都忘記有這種功能了呢。』

『…………』

看來DB並非Debuff的意思……不過真要說的話，他比較在意後半句。士道一語不發，對【法蒂瑪】投以抗議的視線。

當然，對方根本不明白這視線背後代表的含意。【法蒂瑪】舉起一隻手。

『哼。那我就用普通的魔法來對付妳。』

『唔……！』

逃過DB的只有【仕織】一人。如果【仕織】被打敗，隊伍就全軍覆沒了。既然沒有人能夠幫其他人復活，所有人就必須接受懲罰，重新回到遊戲一開始的畫面吧。而且，為了打敗【法蒂瑪】而買齊的道具和裝備也會全部被【法蒂瑪】奪走。

可是要顛覆戰況，兩人的等級實在相距懸殊。【法蒂瑪】悠然詠唱咒語，手中便聚集光束。

不過，就在這時——

『vhlkl;..』

畫面上顯示出一行奇怪的文字，同時一顆「石頭」砸到【法蒂瑪】的身上。

『——什麼？』

【法蒂瑪】一臉納悶地望向「石頭」扔出的源頭。

便看見——

在半裸的冒險者之中，一個人拿著「石頭」的等級1木匠【禾日】的身影。

「……十香？為什麼【禾日】可以動！」

精靈公寓的一室，七罪發出驚愕的聲音，同時望向十香。

「不知道！不過，還可以戰鬥！喝啊！」

說完，畫面上的【禾日】不斷朝【法蒂瑪】扔出「石頭」。不過……【法蒂瑪】的生命值幾乎沒有改變。

但是現在最重要的，是要找出連魔法耐受性高的【可萊姆】都中招變成半裸的脫衣魔法，【禾日】卻可以倖免於難的理由。七罪望向【禾日】的裝備跟道具一覽表——

「——咦？」

看到最下方的道具，她屏住了呼吸。

「十、十香！這個道具妳是在哪裡得到的？」

「唔……？喔喔！好像是在挖地時，跟泥土和石頭一起跑出來的東西。」

「難不成……」

七罪倒抽了一口氣。

對了，七罪在教十香整地的方法時，十香不知道怎麼操作，曾經垂直向下挖地。

而且七罪建造房子的森林深處是【法蒂瑪】藏寶的場所之一——

「……！十香！現在按照我所說的操作！」

「唔？嗯，我知道了！」

十香聽了七罪說的話，用力點頭。

『……哦？還有一個人可以動啊。』

【法蒂瑪】一邊承受「石頭」的攻擊，一邊轉身面向【禾日】。

『雖然沒扣什麼血，但是很煩啊。先解決妳好了。』

『唔……【禾日】，快逃！』

就在【法蒂瑪】正要向【禾日】施展魔法的時候——

響起「嗶叩」一聲，電腦螢幕同時顯示出訊息圖示。

「【禾日】贈送了妳一個禮物。」

「咦……？」

士道一臉疑惑地皺起眉頭。「贈禮」是隊伍成員間交換道具時使用的方式，但是……為什麼要在這種情況下使用？畢竟【禾日】都不太會打字對話了，大概是不小心按到的吧——

然而，士道看到贈送過來的道具名稱後，不由得瞪大了雙眼。

「什麼……」

這也難怪。因為他收到的是——【法蒂瑪】過去封印起來的傳說中的寶劍「死亡魔劍」。

「這……這是怎麼回事……？」

面對突如其來的事態，士道的思緒跟不上現實。透過隊伍聊天室得知這件事的其他成員也紛紛做出驚訝的反應。

『咦……！』

『這是【法蒂瑪】的寶藏……！』

接著，【可萊姆】似乎早就料到大家會有這種反應，打字道：

『沒有時間解釋了！現在立刻砍向【法蒂瑪】！』

「……！」

士道見狀，反射性地立即將漆黑的魔劍裝備到【仕織】身上。

眼前正是打算向【禾日】施展魔法的【法蒂瑪】毫無防備的後背。

瞬間，【法蒂瑪】的身體似乎微微抖了一下。

『什麼——那該不會是「死亡魔劍」！為什麼會出現在這——』

『喝啊啊啊啊啊啊啊！』

【仕織】揮舞「死亡魔劍」打斷【法蒂瑪】的聲音。大家察覺狀況後，不約而同地大叫出聲，聲音與那一擊重疊在一起。

『上啊啊啊啊啊！』

『誰教他利用我的【法蒂瑪】為所欲為，替我報仇！』

『竟然害我們中爆破陷阱，去死吧！』

『……竟敢毀了我的房子和農田！』

『設下黏著陷阱，讓我們的裝備全失的罪孽是很深重的！』

『！後半段的那些事不是我——』

最強角色【法蒂瑪】發出不完整的臨終叫聲，當場倒地。

「死亡魔劍」正如其名，是能一劍讓對方致死的寶劍。

雖然不知道為何【禾日】會擁有這種物品，不過——待會兒再追究這個問題吧。

現在所有人正沉浸在勝利的喜悅之中。

『好耶～～～～！』

『我們贏了呢！』

『讚賞。那一擊太棒了。』

大家歡聲鼓舞。士道讓【仕織】做出鞠躬的動作後回答：

『哈哈……謝謝。都是多虧大家的幫忙……所以，那個DB狀態要怎麼解除——』

就在【仕織】說到這裡的下一瞬間。

一道刺眼的閃光爆炸，【仕織】的生命值歸零。

「什麼……！」

士道不禁發出慌亂的聲音，望向螢幕。

便看見生命值剩下1的【法蒂瑪】站在那裡。

『【法蒂瑪】！怎麼會，他竟然還活著！』

『不會吧！「死亡魔劍」不是一擊斃命嗎！』

『……！我知道了，是「復活之符」！死亡時可以讓生命值變成1的復活道具！』

【可萊姆】這麼一說，士道屏住了呼吸。相對的，【法蒂瑪】則是哈哈大笑。

『哇……哇哈哈哈哈！真是千鈞一髮啊。不過——到此為止了。』

『唔……！』

士道皺起眉頭，操作滑鼠。當然，已經死亡的【仕織】一動也不動。就算擁有最強道具「死亡魔劍」，這樣也毫無意義。

『就當作是妳把我逼到絕境的獎勵吧，讓妳見識見識我這個世界破壞者的最強咒語，無限毀滅——』

不過，就在這時——

響起「叩」的微小聲音，【法蒂瑪】剩1的生命值立刻歸零。

『咦——？』

面對出乎意料的事態，隊伍成員全都瞪大了雙眼。

嘿 hjlkl，
1

不過，他們立刻便理解發生了什麼事。

『嘿ｈｊｌｋｌ；』

因為【禾日】這麼說著，做出扔出「石頭」的姿勢。

——就這樣打敗了最強角色【法蒂瑪】。

而且鮮少人知道給予他致命一擊的，竟是等級1的冒險者扔出的「石頭」。

◇

『哎呀～～各位，真是多謝妳們啊。多虧妳們，我才能達成我的目的。』

打敗【法蒂瑪】一小時後。

總算恢復狀態與復活的一行人，在中央城市的酒館舉辦慶祝會。

『不，該道謝的是我才對。我的房子跟農田被他破壞，多虧妳幫我報了仇。』

『首肯。還得到了他身上裝備的道具，對【柚子】我們來說還占了便宜呢。』

『拿到對象的個人資料了。隨時可以行動。』

『……就要妳適可而止了嘛。』

大家交談著分不清是和平還是危險的對話，氣氛十分熱鬧。

不久前大家還只是陌生世界的陌生人，因為達成一個目的就產生奇妙的一體感。這種感覺的確只能在線上遊戲中體會到吧。

『——啊，對了。』

就在士道思考著這種事情的時候，【亞尼】突然開口。

『各位，方便的話，下次要不要出來見面？通常我是不會提出這種建議啦，但怎麼說呢，我覺得這個團隊沒有什麼生疏感，大家又都是女性，見面也不會尷尬吧？』

於是，【牛奶】歡聲回應：

『呀～～！這個主意真棒～～！出來見面吧～～！』

『……不，我不太喜歡……我不想跟【獵戶座】和【牛奶】太親近……』

相反的，【可萊姆】則是皺起眉頭。【牛奶】回應：「為什麼啊，大姊姊～～！」【可萊姆】就更加害怕了。

『我想去。』

『嗯jkl；』

不過，【約舒亞】和【禾日】如此說道，【可萊姆】煩惱了一下，不情願地點頭答應。

『……沒辦法，既然兩人都想去……』

『好耶！那就決定嘍！之後再決定日期和地點吧！現在就先——辛苦了！』

『辛苦了！』

配合【亞尼】的號令，角色們舉起酒杯互相乾杯。

熱鬧的夜越來越深。

順帶一提，之後舉辦的聚會自然不用說，瞬間變成了五河家的火鍋派對。

剪髮驚魂六喰

HairMUKURO

DATE A LIVE ENCORE 6

有一種說法，據說搖滾樂用的8拍節奏接近心跳聲。

因此，據說8拍節奏有引導人進入興奮狀態的效果。雖然不知道是因為接近心跳聲的節奏讓人誤以為是真正的心臟在跳動，還是節奏本身就有令人興奮的作用──

但能確定的是，現在這個瞬間，五河士道體內正在舉辦一場大型搖滾慶典。

「……！……！……！」

喉嚨配合著內心響起的熱情節拍，吐出乾燥的氣息。不，不只如此，雙手也隨之顫抖，視線模糊，甚至連臉頰冒出的汗水都一點一點地滑落。

不過，這也無可厚非。士道一語不發地將視線落在自己的右手和地板──正確來說，是置於上方的東西。

他右手握著的是剪髮用的剪刀。

而地板上則是──一團漂亮的金黃色纖維。

沒錯，地板上本來不應該存在這樣的東西。

「士、士道……」

站在後方的十香發出憂慮的聲音。士道有如忘記加油的機器，生硬地轉向後方，微微點了點

頭，像是在說：「別擔心。」

不過，也許是士道的臉色太過蒼白了，十香根本無法安心，表情甚至更加不安了。

「…………」

士道將握著剪刀的右手擱在胸口，調整呼吸，開始在腦海裡整理思緒，釐清自己為何會處於如此絕望的狀況。

◇

——時間要回溯到三十分鐘前。

士道獨自坐在自家的客廳沙發上，下意識地盯著書本。時間是下午兩點二十分，要準備晚餐還有點早的悠閒午後時分。那群精靈也都出門了，平常熱鬧滾滾的家中難得十分恬靜。若要用一句話來形容，就是最近難得一見的絕佳讀書天。

儘管說得那麼好聽，但士道手上拿著的並非學術雜誌，甚至不是高中生會閱讀的流行雜誌或是漫畫雜誌，而是《今日食譜　一月號　特輯：用冰箱的剩菜做出美味料理》這類充滿家庭味的雜誌。

「嗚哇，真的假的？剩下的燒賣皮可以做成千層派啊。的確都是麵粉啦，下次來試試……」

當士道內心一陣莫名感動，並且將頁面一角摺起來時，走廊突然傳來一陣腳步聲。

「郎君，你在府上啊？」

一名少女打開門，同時發出這樣的聲音，走進客廳。士道望向她，微微舉起手打招呼。

「喔喔，六喰。妳怎麼來了？」

星宮六喰。她是士道前不久才剛封印靈力的精靈，也是聳立在五河家隔壁的公寓的新住戶。

士道呼喚她的名字，看了看她的模樣。嬌小的身軀，不合襯的豐滿上圍，快要觸地的金色長髮綁成丸子頭和三股辮圍在脖子上。

六喰東張西望，確認除了士道以外沒有其他人影後，吐了一口氣。

「呼……唯有郎君一人，正好。」

「正好？」

「嗯。」

六喰點點頭，用手玩弄著圍在脖子上的三股辮髮尾，接著說：

「先前你不是答應要幫妾身剪髮嗎？」

士道聽了，回答：「喔喔。」並闔上雜誌。

士道確實答應過六喰。

那是一月中旬，經歷一場攸關地球存亡的攻防戰，好不容易封印六喰的靈力後，兩人眺望著

星空時約定的事。

六喰非常珍惜曾經被姊姊稱讚過的長髮，但因為有了士道這個新家人，她決定揮別過去，不再執著這頭長髮。

「妳是指那件事啊。我當然記得啊。嗯，現在來剪嗎？」

「嗯，勞煩你了。妾身一人洗髮，著實不易呢。」

「哈哈，這倒是真的呢。」

「此番話語若是在美九面前吐露，更會引火上身。」

「……哈哈哈。」

士道聽了，無力地苦笑。具體而言會引來什麼樣的麻煩，不用問也大致猜想得到。

「總之，我去準備準備，妳能先弄濕頭髮嗎？」

「唔，弄濕頭髮嗎？」

「是啊。頭髮要打濕，不會亂翹比較好剪。不弄濕直接剪的話，頭髮會到處亂飛。如果妳的頭髮短一點，用噴霧器噴水弄濕就好，但妳的頭髮實在太長了，不適用這個方法。」

「嗯，妾身明白了。那麼，借郎君浴室一用。」

說完，六喰踏著碎步走向浴室。

看見那可愛的動作，士道面帶笑容從沙發上抬起腰，開始準備幫六喰剪髮的道具。

雖然這幾年已經不再使用，但以前士道和琴里都是在家理髮，應該還留有理髮的工具。士道在腦海裡搜尋記憶，打開客廳靠近內部的櫃子。

「……找到了、找到了。」

他在櫃子裡翻找，拿出目標物。打開有些褪色的包裝盒，確認裡面的東西沒有缺少後，回到客廳，把舊報紙鋪在地板上。

然後把圓椅子擺在舊報紙上，把全身鏡放在對面後，走廊再次傳來急促的腳步聲。看來是六喰回來了。

「喔，我已經準備好了。妳過來坐在這裡，圍上這個披肩——」

士道拿著理髮用的披肩回過頭後，抖了一下肩膀。

不過，這也是理所當然的事。因為站在他眼前的是六喰一絲不掛的身影，頭髮是打濕了沒錯，但是並沒有拆開，還維持綁著頭髮的樣子。

「什……六、六喰！」

「圍上那樣東西即可，是嗎？」

士道不禁慌亂得眼珠子直打轉，但六喰卻表現出不怎麼在意的模樣，從士道手上拿起披肩後，從頭套上。

雖說是披肩，但終究是家庭用的，不是像美髮院用的那種覆蓋全身的披肩。披肩只遮蓋住六

喰的北半球，南半球則是若隱若現，感覺比剛才更放蕩了。

「如此便可了嗎，郎君？」

「……不不不！妳怎麼沒穿衣服啊！」

「唔？此言妙哉。如此一來，剪落的頭髮便不會黏在衣服上。」

「是沒錯啦！但，總之就是不行，去把衣服穿起來！」

「唔……」

六喰一臉納悶地歪著頭，往走廊走去，幾分鐘後，穿著剛才的衣服回到客廳。

「真是的……好了，去那裡坐著。」

「嗯。」

六喰點了點頭，在圓椅子上落坐。士道無奈地嘆了一口氣後，拿著剪刀站到六喰的背後。

指尖竄過些微的緊張感。不過，這也理所當然。士道雖然對廚藝有自信，卻沒什麼幫別人剪髮的經驗，以前頂多只有幫琴里修過頭髮。考慮到美觀，交給專業的美髮師絕對比較好。

但那有點不切實際。因為非常珍惜自己頭髮的六喰只允許士道一人幫她剪髮。

如此一來，即使不習慣也得繃緊神經才行。要是剪了一個六喰不滿意的髮型，很可能惹六喰不開心。

士道深深呼吸了一口氣好打起精神後，透過鏡子望著六喰的臉說道：

「好了，那麼這位小姐，妳今天想剪怎樣的髮型呢？」

「交由你決定便可。」

「哈哈……這可難倒我了。」

聽六喰這麼一說，士道將手抵在下巴沉吟。

結果可能是從鏡子看見士道的表情，六喰補充說道：

「唔……是嗎？那麼，妾身希望保留丸子。」

「這樣啊，妳的確很適合這個髮型呢。」

「呵呵，即使郎君如此誇我，亦得不到任何好處喔。」

士道說完，六喰開心地莞爾一笑。

雖然一樣沒有明確指定要剪什麼髮型，但只要有個大方向，情況就好辦多了。士道思考了一會兒後，點點頭說：「好。」

「那麼，我把頭髮剪到還是可以綁丸子頭的長度，但整體比現在更清爽一點。我的手藝還沒辦法讓妳的髮型煥然一新。」

「那就有勞郎君了。」

「好，那我要開始剪嘍——啊，對了，要是剪掉的頭髮刺到眼睛就不好了，所以剪瀏海的時候要記得閉上眼睛。」

「嗯。」

六喰如此回答後便緊緊閉上雙眼。

「不是啦，只要剪瀏海的時候閉眼就好了……」

士道苦笑……不過，反正也沒有妨礙到剪髮，他打起精神，想要打薄六喰的頭髮。

就在這個時候，士道發出「啊」的一聲。因為他發現都要剪髮了，六喰竟然還綁著頭髮。照理說應該要更早察覺不對勁的，但可能是全裸登場造成的衝擊，士道沒有發現這個細節。

「得先拆掉頭髮才行呢……」

士道一邊說，打算放下手上的梳子和剪刀。

然而，下一瞬間——

「士道！你看！我在街上發現看起來很好吃的波蘿麵包喔！」

客廳的門「砰」的一聲被打開，隨後一名少女衝了進來。她是外出回家的精靈十香，擁有一頭烏黑的頭髮以及一雙水晶般的眼瞳。

由於她衝勁太猛，來不及煞車，「咚」的一聲撞到正好站在門前的士道背後。受到突如其來的衝擊，士道不由得腳步踉蹌。

「哇！」

「唔！喔喔，抱歉，士道。我沒想到你站得這麼近。」

十香一臉抱歉地說道。士道搖搖頭回答：

「不會，沒關──」

然而──

士道卻在此時止住了話語。

就在他端正姿勢的瞬間，聽見東西輕輕掉落在報紙上的聲音。

「……咦？」

士道瞪大雙眼，望向聲音的來源。

那是一個金黃色的半圓形物體發出的聲音。一瞬間，士道還以為是十香在撞到自己的時候把街上找到的波蘿麵包掉在地上，但是──他立刻便察覺自己認知錯誤。

因為構成半圓形物體的並非口感爽脆的比司吉麵糰，而是閃閃發光的金色纖維。應該說，那是……

「六喰的……頭髮……」

士道臉色鐵青，從喉嚨擠出聲音。

──然後時間來到現在。

沒錯。看來士道在被十香撞到的時候，手裡的剪刀不小心剪掉了六喰的丸子頭。

感覺血氣一瞬間抽離全身，身體的毛孔噴發出大量的汗水。

這也難怪。頭髮是女人的生命，尤其六喰對自己美麗的頭髮懷抱著強烈的情感。士道打算封印六喰的時候，她是處於備戰狀態……而造成她陷入那種狀態的直接原因是反轉後的十香削掉了她一部分的瀏海。

就算六喰允許士道修剪她的頭髮，但要是她知道自己喜歡的丸子頭被整個剪掉，不知道會做何反應。光想像就全身發毛。

「——唔？郎君，發生何事？有其他人在嗎？」

「……！沒、沒有，沒有其他人在。」

士道抖了一下肩膀後立刻如此回答。他盡可能不想讓六喰察覺到狀況的變化，而且如果有其他女生在場，感覺六喰會心情不好。

「唔……？怪哉。妾身似乎聽聞有女子的聲音……」

「！呃，那個……其實我最近很沉迷於模仿！咳咳，啊——啊——」

士道雙眼游移，乾咳了幾聲，望向十香。

「唔？你在做什……」

十香一臉疑惑地歪了歪頭，但隨後又瞪大了雙眼，像是終於明白士道的意圖。

擺動雙腳。

「啊，啊──啊──我是士道，我很擅長模仿。」

然後發出刻意加強抑揚頓挫的聲音如此說道。六喰聽見後，吃驚得發出「哦～～」的一聲，

「莫非剛才是郎君所發出之聲音？模仿得真像呢。」

「對……對吧？」

士道努力不讓聲音顫抖。雖然是靠蠻力硬是敷衍過去，但六喰似乎相信了。

不過，她立刻像是發覺哪裡不對勁，開始輕輕搖晃頭部。

「唔……？我說，郎君，從方才起，我的頭右側似乎有點輕……」

「……！啊，不，那是……對、對了！是我按了妳的穴道！可以解除肩膀痠痛，給妳輕飄飄的快感！」

感覺好像是什麼可疑雜誌廣告上下的小標一樣……老實說，連士道自己都搞不清楚自己在說什麼。

不過聽見這句話後，六喰發出讚嘆聲。

「原來如此！不愧是郎君呀，毫無疼痛感便能帶來此種效果。能否麻煩你亦幫我按按左邊之穴道？」

「喔，好啊……我等會兒幫妳按。」

六喰天真無邪地相信他所說的鬼話，害他覺得良心不安。

不過，現在必須先解決其他問題。士道嚥了一口口水後慢慢蹲下，撿起掉落在報紙上的那團頭髮。

然後拿在手上，再次將視線移回六喰頭上。左半邊綁著一顆漂亮的丸子頭，還有一條長長的三股辮。然後——右半邊則是被隨便剪掉，變成及肩長度的頭髮。一名髮型充滿龐克風格的少女在此誕生。

「這……很糟糕啊……」

「唔、唔……」

士道和十香互相對視後，用六喰聽不見的聲音如此說了。

「唔？郎君，發生何事？繼續剪吧。」

「喔，好。」

受到六喰的催促，士道將單獨一顆的丸子頭放在旁邊的桌上後，站到六喰背後。

但他還沒有想到接下來該怎麼辦。士道在混亂與焦躁的情況下，呆站在原地好一陣子。

於是，就在這時——

「呵呵！如風現身！」

「登場。如暴風亂舞。」

走廊又傳來腳步聲，隨後一對長相一模一樣的雙胞胎現身在客廳。她們是和十香等人住在同一棟公寓的精靈，八舞耶俱矢、八舞夕弦姊妹。

耶俱矢和夕弦擺出左右對稱的戰鬥姿勢後，大概是看見客廳展開的光景，便同時歪了歪頭。

「……嗯？」

「疑問。士道，十香，你們在做什麼呢？」

「噓！噓！」

士道豎起食指說道，然而——為時已晚。六喰一臉不解地歪了頭。

「唔？又有其他聲音了，而且此回是複數……」

這時，六喰說話的音調有些微改變。

「……郎君，你該不會趁著妾身閉上雙眼時，偷偷與女人幽會吧？」

「……！這……這怎麼可能——」

聽見六喰語氣冰冷的聲音，士道不禁眼珠子亂飄。當然，士道並沒有跟女人幽會，但這裡有六喰以外的精靈卻是不爭的事實。

「此話當真？即使郎君如何擅長模仿聲音，亦無法同時發出兩道聲音吧……」

「……！」

士道立刻邁開步伐，拿起放在桌上的遙控器打開電視，順便迅速調高音量。剛好正在播放的

連續劇聲音開始大聲地充滿整個客廳。

「是、是啊，我打開了電視。妳現在閉上眼睛吧？我想說當作背景音樂……」

「原來如此，是這麼一回事啊。嗯，郎君你真是善解人意。」

六喰點了點頭表示認同。士道雖然有些良心不安……但現在也顧不得了。他面向一臉困惑的八舞姊妹，壓低聲音說明原委。

「……事情就是這樣。我正煩惱不知道該怎麼辦。」

「唔……抱歉，士道，都是我害的。」

士道說完後，十香一臉抱歉地縮起肩膀。士道撫摸著十香的頭，搖頭回答：

「別這麼說，不是妳的錯。是拿著剪刀的我不小心……不過，到底該怎麼辦才好……」

正當士道感到苦惱的時候，耶俱矢和夕弦聽完這件事，露出猖狂的笑容。

「呵呵呵……汝在說什麼啊，僕從？汝該不會忘記修剪七罪那個鳥窩頭的人是誰了吧？」

「呼應。交給八舞。夕弦兩人能夠修剪得很自然。」

耶俱矢如此說完，從士道手中搶過剪刀，夕弦則是拿起放在旁邊的備用剪刀，擺出帥氣的姿勢。士道苦笑著將手抵在下巴。

「嗯……不過，六喰討厭其他人剪她的頭髮，要是被她發現……」

「呃，你現在的狀況被她發現，後果也不堪設想吧。」

「提問。士道的技術有辦法剪得看不出來剪壞了嗎？」

「唔……」

聽見八舞姊妹說的話，士道無言以對，低下頭說：「……拜託妳們了。」

「呵呵，汝就好好見識本宮的絕技吧。」

「接受。交給八舞準沒錯。」

兩人用力點點頭後，來到六喰身邊。

「那本宮要大顯身手嘍！看吾使出久違的剪技，超帝雙刃烈風——」

就在耶俱矢擺出帥氣十足的姿勢說到這裡時——

「哈……哈啾！」

「——哈啾。」

兩人同時打了個風味截然不同的噴嚏。

「……啊，這是怎麼回事？我應該沒感冒啊。」

「指摘。搞不好有人正提到我們。」

「啊，確實有這種說法呢。我想想，打一次噴嚏是說好話，打兩次噴嚏是說壞話的樣子。呵呵，那麼是有人正在讚美本宮的名氣吧。」

「否定。夕弦和耶俱矢是兩人一體，夕弦打的噴嚏也要算在耶俱矢身上，所以想成有人在講

耶俱矢的壞話比較自然。」

「為什麼要算到我頭上啊！算在妳頭上也行啊！」

「喂、喂……妳們兩個……」

八舞姊妹開始喧鬧起來，士道發出沙啞的聲音對她們如此說道。

「嗯……啊，抱歉、抱歉，我會好好剪的。」

「道歉。受耶俱矢影響了。」

耶俱矢聽了夕弦說的話，又想回嘴。

不過，中途卻停止了動作。

恐怕八舞姊妹這時終於發現到——剛才還留在六喰頭上左邊的丸子和長長的三股辮掉落在地板上一事。

「咦——！」

「戰慄。什麼——」

耶俱矢和夕弦發出高八度的聲音。

沒錯。非常不幸地，兩人在打噴嚏的時候，拿在手裡的剪刀不小心將剩下的那顆丸子和三股辮給剪掉了。

「……唔？喔喔，頭部又變輕了呢。」

閉著雙眼的六喰發出悠哉的聲音說了。士道努力壓抑越來越快的心跳，開口：

「啊，嗯……變輕了對吧？」

「嗯。那就照此步調繼續剪下去吧。」

六喰表現出對士道深信不疑的態度。士道滿頭大汗。

這時，目瞪口呆的耶俱矢和夕弦抖了一下肩膀，赫然回過神搖了搖頭重振精神。

「別……別擔心！交給我們。」

「懇求。讓夕弦挽回名譽。」

耶俱矢和夕弦如此說完，擺出帥氣的姿勢拿起剪刀和梳子，以輕快的動作修剪六喰的頭髮。

「嗯？嗯嗯？」

剪髮的期間，六喰發出訝異的聲音。

「郎君，感覺你同時在修剪妾身左右兩邊的頭髮，你究竟是如何辦到的？」

「咦！啊、啊——……很、很厲害吧！這是我的必殺技，二天一流（Dual Scissors）。天宮的剪刀手說的就是我！」

士道有些自暴自棄地說完，六喰便坦率地表現出佩服的樣子發出讚嘆聲。

「想不到郎君竟能雙手操縱剪刀，真是靈巧啊。」

「是……是啊！」

士道發出尖銳的聲音如此回答，並且望向八舞姊妹催促兩人。不過就在這個時候，他發現兩人露出忍俊不禁的表情。

「噗……呵呵，二天一流，他說二天一流。大概是在心中把Dual Scissors硬湊成中文。」

「推測。不是Double而是Dual，大概是士道個人的堅持吧。」

「我才不想被妳們兩個說咧！」

士道不禁大叫出聲，但發現六喰納悶地歪了頭，便趕緊摀住嘴巴。

「……總、總之，拜託妳們了。」

士道露出嚴肅的神情輕聲說道，八舞姊妹便吐了一口氣打起精神，用力點點頭。

然後表情認真地拿起剪刀，再次剪髮。

不過——

「……啊！夕弦，妳那裡剪太多了。」

「反駁。那不是夕弦剪的，而是本來就這樣了。耶俱矢才剪太多了。」

「我這邊也是啊。我想想，要取得平衡必須……」

看來一開始誤剪的部位似乎剪太短了，導致難以修剪的樣子。

過了約二十分鐘後——

「……呃，呃……」

「……公開。這樣如何？」

八舞姊妹難得沒有自信地如此說道。

「喔，喔……」

士道透過鏡子看著六喰的臉，露出乾笑。

髮型並不難看。能把那種慘狀修復成這種地步，不得不讚嘆八舞姊妹精湛的技術。

但是，可能是因為一開始的失敗太嚴重，頭髮的長度必須配合側頭部，結果剪成跟六喰最初希望的條件大相逕庭的超短髮。

「這樣……沒問題……嗎？」

「到底是什麼事？」

「沒有啦，就是六喰的髮型啦。我在想是不是太短了——哇！」

士道突然嚇得跳起來。

不過，這也是理所當然的事。因為有一名少女緊緊貼在士道身邊，不知是何時冒出來的。

「折、折紙，妳什麼時候來的！」

「從剛才就一直在了。」

沒錯。她正是士道的同班同學，也是精靈，鳶一折紙小姐。

士道的注意力確實集中在六喰身上，但他根本沒有聽到任何聲音。還是一樣是個神出鬼沒的

少女。

緊接著，後方也傳來別的聲音。

「坐在那裡的是，六喰……吧？」

「嗚哇，這形象也改變太大了……」

朝聲音來源望去，便看見兩名嬌小的女孩，分別是一起上街的精靈四糸乃和七罪。看來她們也在八舞姊妹替六喰剪髮時就來了。

「所以，到底發生了什麼事？」

折紙一如往常以淡淡的口吻詢問。士道輕輕點了點頭，簡單說明狀況。

「——原來如此。」

「那這樣……沒問題嗎？」

「……呃，很明顯問題可大了吧。」

聽完士道說明的三人表現出三種不同的反應。折紙將手抵在下巴，來回望向六喰的後腦杓和地板上散落的頭髮。

「換句話說，只要把六喰的頭髮恢復原狀就好了吧？」

「是、是沒錯啦……但妳該不會要我等她留長吧？」

士道說完後，折紙微微搖了搖頭。

「頭髮也是身體的一部分，只要利用醫療用顯現裝置，一定可以把頭髮接回去。」

「……！原……原來是這樣啊！」

士道聽完折紙說的話便瞪大雙眼，捶了一下手心。

折紙說的沒錯。只要利用將幻想重現於現實世界的奇蹟技術——顯現裝置，應該可以把剪斷的頭髮接回去。

士道和精靈受傷時也經常利用顯現裝置療傷，但一時之間無法把剪頭髮這種日常的事情與魔法般的現象連結在一起。不過……也可能只是因為把六喰的頭髮剪得太短，導致驚慌失措，頭腦轉不過來才沒有想到罷了。

「但難以在這裡使用顯現裝置，也不好把六喰放在這種狀態不管。最好快點聯絡琴里。」

「啊，嗯，說的對。」

士道點了點頭後，從口袋拿出手機打給琴里。

然而——下一瞬間，餐桌的方向傳來輕快的來電鈴聲和震動音。

「什麼……」

士道抱持懷疑走向聲音來源後，看見琴里的手機在餐桌邊震動。看來她似乎忘了帶手機。這下子無法聯絡到她了。

「唔……為什麼偏偏在這種時候……！」

士道皺起眉頭停止撥號，折紙將手搭在他的肩膀上。

「交給我。」

「咦……？」

「我大概猜得到琴里會在哪裡。我去找她，把她帶回來。」

「！真……真的嗎？」

「真的。不過，我需要一些時間找人。希望你幫忙爭取時間，不讓六喰發現自己的狀態。」

「爭取時間……」

士道瞥了六喰一眼。她閉著眼睛已經過了數十分鐘，就算認為剪完了而睜開眼睛也不奇怪。

只要拿走放在眼前的全身鏡，或許能爭取一點時間，但總不可能把家裡會照出六喰髮型的東西全部拿走，更重要的是，在她觸摸自己的頭時就當場出局了。

「沒錯。短時間也沒關係，只要能騙過六喰的眼睛。」

「唔、唔……」

正當士道陷入煩惱時，四糸乃左手戴著的兔子手偶「四糸奈」突然像是想到什麼主意般拍了一下手心。

「啊，對了，士道，你覺得這個方法如何？」

「咦？」

「四糸乃，幫我一下。」

「嗯，好……」

受到「四糸奈」催促，四糸乃走向六喰。

接著，「四糸奈」拿起六喰被剪掉的後面的長髮，握住用髮圈綁住的地方，解開三股辮。

然後直接像假髮一樣蓋在六喰頭上。

「好了，完成！四糸奈特製頭髮！」

「喔、喔……」

看到完成的畫面，士道苦笑著如此說道。

原來如此，既然本來就是本人的頭髮，那摸起來的觸感肯定不會讓她起疑吧。不過，因為是將一把頭髮硬放在頭上，看起來就像海帶妖怪。要用這個方式蒙混過去恐怕是不可能吧。

「……唔？剪髮結束了嗎？郎君？」

可能是對「完成」這個單字起了反應，六喰如此問道。

然後像是覺得癢似的甩了甩頭，做出撥開瀏海的動作，慢慢睜開雙眼。

萬事休矣。而且因為甩頭，「四糸奈」特製的假髮歪掉，呈現出一種十分詭異的模樣。要是她睜開眼睛的瞬間看到自己這副模樣，別說心情不好，就算靈力一口氣逆流也不足為奇。

「！六喰，還不能——」

「……！大家！快躲起來！」

剎那間響起這道聲音後，除了士道以外的其他人立刻一齊躲到桌下或門後。

同時，六喰的頭散發出淡淡的光芒。

「……唔？」

六喰像是剛起床一樣搓揉著雙眼，眨了眨眼睛。

然後目不轉睛地凝視著放在前方的全身鏡後，一臉疑惑地呢喃道：

「怎麼回事，你尚未開始修剪嗎？」

「咦？」

聽見這句話，這次換士道用力揉了揉眼睛。

這也難怪。因為一頭長得鋪到地上的金髮如今正稱霸六喰的頭頂。

而且腳邊還能看見八舞姊妹修剪的頭髮和掉落在地的「四糸奈」特製假髮。是自己的眼睛業障重嗎？

「……！啊——」

士道愣了一下子，但看見七罪躲在沙發後面豎起大拇指的模樣，便察覺到發生了什麼事。

是七罪的天使〈贗造魔女〉。在六喰正要睜開眼睛的瞬間，七罪使用能改變物質模樣的天使之力將六喰的「短髮」變成了「長髮」。

「唔！」

這時，六喰看見散落在腳邊的頭髮後，驚愕得瞪大雙眼。

「這是怎麼回事？剪了如此之多，還剩下這麼多髮量嗎……唔，看來姊姊所言甚是，我的頭髮或許真的留得太長了。」

六喰一副認同的模樣說道，透過鏡子與士道四目相交。

「真是對不住啊，郎君，看來妾身拜託了你一件麻煩事呢。不過，請你體諒妾身，妾身實在無法把頭髮交予不信任之人來修剪。」

「嗯，沒關係，我知道。」

士道敷衍地回答後，嚥了一口口水，發出顫抖的聲音。

「……我、我問妳喔，六喰。」

「何事？」

「這只是假設、如果喔……要是妳的頭髮被我以外的人修剪，而且還剪成超短髮……妳會怎麼樣？」

「……唔？」

聽見士道說的話，六喰一臉疑惑地歪了頭。

「郎君，你為何要問此事？」

「咦！沒有啦……只是有點好奇而已。」

「唔……別人修剪我的頭髮啊……」

六喰輕聲呢喃後，目不轉睛地盯著映在全身鏡中的自己的臉龐，用手指捲起一綹頭髮。

然後，表情染上分不出是悲哀還是憤怒的情緒，發出冷靜但充滿魄力的聲音。

「不知道呢。妾身也不知道——自己究竟會做何反應。」

「……！」

聽見這句回答，士道不禁屏住了呼吸。不，不只士道，響徹整個客廳的電視聲中也摻雜著精靈們從各處傳來的動搖聲。

這也難怪。雖說靈力已遭到封印，但在場的人都知道六喰發起怒來有多可怕。要是沒有士道，最糟糕的情況下，六喰可能會讓這個地球停止運轉。

「不過，毋須擔心。妾身的頭髮是郎君你剪的。」

「……是……啊……」

「唔？郎君，你有何心事？」

聽見士道僵硬的回答，六喰一臉疑惑地望向他。士道假裝平靜地輕輕咳了一下，繼續說：

「沒……沒事……我要繼續剪了，妳閉上眼睛。」

「嗯。」

六喰遵照士道的指示，老實地閉上雙眼。

於是，躲在附近的精靈們確定六喰閉上眼睛後，紛紛回到原來的地方。不過……她們臉上的表情實在稱不上開朗。

但多虧七罪的靈光一閃才讓大家脫離了危險，這也是不爭的事實。士道望向七罪。

「……總、總之，謝謝妳，七罪。」

「……不用謝啦。要是六喰發起飆來，我們也不好受。」

士道壓低聲音避免讓六喰聽到。七罪聽了，移開視線回答。

「……我想這樣子應該可以爭取時間。不過，〈贗造魔女〉終究只是讓物體呈現出虛假的形態，我的靈力也不完全，沒辦法一直保持這個狀態，所以快點用那個醫療用顯現裝置接回她的頭髮吧。」

「嗯──折紙，可以拜託妳嗎？」

「…………」

士道說完後，折紙一語不發地點點頭，直接走出客廳。

「好了……不過，接下來該怎麼辦呢？」

目送完折紙離開後，士道將手抵在下巴思考。

雖說多虧七罪暫時脫離危機，但在還沒找到琴里之前還不能忽疏大意。

現在能做的就只有等待折紙回來，但這段期間什麼也不做的話應該會讓六喰起疑吧。

就在士道思考著這種事情的時候，走廊又傳來腳步聲。

「嗯……？」

士道一時之間還以為是折紙帶琴里回來了，但再怎麼想都不可能那麼快。到底是誰呢？士道望向走廊後，便看見兩名高挑的少女一臉愉悅地笑著走進客廳。又是兩名精靈，美九與二亞。

「哎呀哎呀，大家都在啊——咦！該不會是在等人家吧？今天是有什麼事嗎？啊！人家好像突然想起來今天是人家的生日呢。大家送你們的熱吻當作人家的生日禮物就好了～～！」

「啊哈哈。小美還是一樣那麼high呢。嗯，不過大家聚在一起在做什麼啊……嗯？」

說完，二亞望向圍著披肩坐在全身鏡前的六喰。

「啊，怎麼，該不會是在幫小六剪髮吧？哇啊，那可真是大工程呢。要剪什麼樣的髮型？」

「咦咦！是這樣嗎？啊，那人家有想看她弄某個髮型～～！」

兩人情緒高漲地開始喧鬧不已。

士道急忙制止兩人，要兩人輕聲說話。再怎麼用電視聲音當作藉口，太大聲吵鬧的話還是會被六喰發現吧。

「嗯？怎麼了，少年？」

「發生了什麼事情嗎～～？」

「……嗯，其實啊——」

士道對美九和二亞解釋第三次事情的來龍去脈。接著，兩人瞪大雙眼，恍然大悟地點點頭。

「原來如此喵……那可真糟啊。」

「不過，七罪真是聰明伶俐呢～～！太厲害了～～！送妳美九專用的捶肩券和摸胸券當作獎勵喔～～！」

「咦……我才不要。」

七罪不是開玩笑，而是由衷感到為難地回答。不過，美九絲毫沒有受傷地說：「討厭啦！別客氣！像是這種好孩子，人家再多送妳一張咬屁股券～～！」更加深了七罪的警戒心。

「所以，少年，你接下來要怎麼辦？小折折要花不少時間才能將妹妹帶回來吧？在那之前放著小六不管也不妥當吧？」

「嗯……是啊。」

這正是士道剛才在思考的問題。他愁容滿面地點了點頭。

但無論如何都必須避免莽撞行事，讓狀況惡化。乾脆宣稱休息，暫時中斷剪髮，讓六喰休息一下比較好——

「——啊。」

正當士道思考著這種事情的時候，二亞像是想到了什麼主意，突然拍了一下手心。

然後露出邪惡的笑容對美九招了招手，在她耳邊竊竊私語。

於是——

「……哎呀！」

從二亞口中聽到些什麼的美九眼睛閃閃發光，就像是發射遠光燈一樣。然後向神祈禱似的雙手合十，有節奏地扭動著身軀。

「那……那是怎樣呀～～！簡直太美妙了～～！二亞妳該不會是天才吧～～！」

「呵，妳說這什麼廢話啊，小美。」

說完，二亞裝模作樣地撥了一下瀏海。兩人莫名興奮的模樣令士道感覺有些不安。

「……喂，妳們到底在說些什麼？」

「嗯？沒有啦，沒說什麼大不了的事，只是想說稍微幫一下你的忙而已。」

「沒錯、沒錯～～！我們也想幫達令你的忙，換取摸臉券～～！」

「…………」

士道臉頰抽搐，流下汗水……該怎麼說呢？因為兩人的發言充滿了危險。

「我覺得就這樣乖乖等琴里回來比較好……」

難得七罪利用天使讓六喰的頭髮留長。他想避免魯莽之人自作主張，再次陷入同樣的事態。

不過，可能是從士道的表情察覺到他的想法，二亞攤開手掌阻止他說話。

「不不不！裹足不前比後退更可怕！什麼都不做的話，小六會起疑吧！」

「就是說呀～～！而且也不知道七罪的力量會持續到什麼時候！要是七罪被人摸摸、抱抱、舔舔而集中力渙散，該怎麼辦呀～～！」

「噫……！」

聽見美九說的話，七罪屏住了呼吸。士道的臉頰冒出冷汗……與其說是給予忠告，根本幾乎是犯罪預告，接近脅迫了吧。

「所以，交給我們處理一下吧？我有想讓小六弄的髮型，一定會讓她變得更可愛！」

「唔……可是……」

「我明白你會不安！但是別擔心，我不會使用剪刀！我保證不會修剪小六一根頭髮！真的只是編髮、綁起來而已！」

「……真的嗎？」

「真的真的！要是我食言，我的身體就隨你便！」

「咦！那是怎樣～～！竟然還能出這一招嗎！那人家也要～～！」

「…………」

士道聽見兩人說的話，沉默不語……不知為何，感覺反而讓人更加難以信任了。

然而兩人卻毫不在意的樣子，面帶微笑繼續話題。

「那就這樣決定了！大家先稍微轉過去一下！啊，少年你過來這裡。」

「好期待看到完成的樣子喲！」

「唔哇！」

「妳……妳們到底要幹嘛啊……」

二亞和美九推著十香等人的背，將她們趕到客廳角落。

兩人回到士道身邊後，從口袋裡拿出手帕遮住他的眼睛。

「哇！妳……妳要幹嘛啊！」

「就說要讓你們期待完成後的模樣嘛。結束後就會幫你拿下手帕了。」

「那我跟大家一樣轉過身去不就好了……」

「你在說什麼啊？可以剪小六頭髮的只有少年你一個人吧？所以你得乖乖配合我們才行。」

「配合妳們……？」

「少廢話了，要開始嘍。」

二亞拍了一下士道的背。以此為信號，前方響起細微的聲音。

「郎君，你正在做何事？」

二亞和美九似乎做了什麼事。六喰疑惑地如此說道。

由於設定是士道本人在幫她弄頭髮，二亞和美九不可能回答她。但是，士道的眼睛被手帕蒙

住，雖然感到不知所措，還是硬著頭皮和六喰對話。

「喔，喔喔……妳還好嗎？」

老實說，他根本不知道目前是什麼狀況，只能回答這種不會出差錯的話。但六喰絲毫沒有起疑，接著說道：

「無妨，只是有些癢罷了，沒事。不過，怎麼回事？你是在幫我編頭髮嗎？」

「咦？啊啊，是啊。」

「唔？」

「怎……怎麼了？」

「郎君，你為何如此頻繁地觸碰妾身的身體？」

「……咦？」

聽見意想不到的話，士道發出錯愕的聲音。那兩個人在搞什麼鬼啊？這個想法充斥著他的腦海，令他感到一片混亂。

不過，現在只能配合情況說故事了。士道儘管感到困惑，還是回答：

「像……像這樣按摩的話，會促進全身的血液循環。」

「喔，原來如此啊。郎君你真是博學多聞呢。」

「哈哈……是……是啊。」

「那麼，你現在一直在摸妾身的胸部，亦是在按摩嗎？」

「什麼！」

士道不由得發出高八度的叫聲。於是，六喰疑惑地回答：「唔？」

「怎麼，不是嗎？那是為何？郎君你就如此喜歡妾身的胸部嗎？」

「這……這個嘛……」

士道很想吶喊：「那不是我做的！」但是現在不能讓六喰發現士道以外的存在。他只好努力克制這股衝動，有些自暴自棄地說道：

「……老……老實說，確實是如此沒錯。我非常喜歡六喰的胸部……」

「原來如此啊。那你早說無妨……唔，不過你力道有點大呢。冷靜一點。」

「對……對——不——起——啊……！」

士道帶著警告美九（雖然二亞也在，但犯人恐怕是美九）的意味，隱含怒氣地道歉。

不久後，六喰又納悶地說道：

「郎君，妾身從方才起就對一事感到在意。」

「什……什麼事，六喰？」

「為何郎君你要脫妾身的衣服？」

「……妳們在做什麼啊，喂——！」

士道實在是忍不住了，他一把扯下遮住眼睛的手帕，對二亞和美九怒吼。

「什麼……！」

不過，士道屏住了呼吸。

這也難怪。因為六喰現在的模樣是將碰到地面的長髮編成泳裝的形狀纏繞在裸體上，這畫面非常刺激。

或許是看見士道的反應，二亞和美九得意洋洋地挺起胸膛。

「怎麼樣啊，少年！我一直很想這麼試看看呢。小六的頭髮那麼長，我想搞不好辦得到！」

「呀～～！太棒了～～！太美妙了～～！」

「呃……不是，那妳們也沒必要……！」

士道滿臉通紅大喊後——

「唔……何事如此喧鬧？」

閉上眼睛的六喰如此說道，再次睜開雙眼。

「……！」

面對突如其來的事態，精靈們來不及藏身。六喰環顧四周，吃驚地眨了眨眼睛。

「……怎麼，大家都來了啊。唔……現在是郎君與妾身的時間。」

六喰有些不滿地噘起嘴脣。士道抖了一下肩膀，回過神後低下頭。

「抱……抱歉……六喰。要是我早點告訴妳就好了……」

「唔……也罷。話說……」

六喰如此說著從圓椅子上站起來，俯看自己奇特的裝扮。

「這是怎麼回事？是編髮嗎？」

「呃，這個嘛……好像是呢。不對，就是這樣沒錯……」

士道臉頰冒出汗水，修正語尾。完全是二亞和美九的傑作，但必須當作是士道做的才行。

於是，六喰發出「唔」的一聲興致勃勃地當場轉了一圈，接著望向全身鏡確認自己的模樣。

「原來如此。郎君你認為這副模樣很適合妾身吧？」

「咦！呃，那個……對……對啊。」

士道額頭冒出冷汗，點頭稱是。其實是經由二亞和美九之手完成的，但六喰不是把自己的頭髮交給別人，而是士道，他無法做出不負責任的回答。

於是，六喰儘管表情有些疑惑，還是點了點頭。

「如此便可。既然郎君你喜歡，妾身亦無異議。」

說完露出天真無邪的笑容。

「……！」

士道看了她的表情，屏住了呼吸。

並非因為看見六喰可愛的表情而小鹿亂撞，而是原本以為六喰的精神狀態會崩潰，導致靈力逆流，他為自己有過這種想法感到羞恥。

六喰信賴士道，允許他修剪自己珍愛的頭髮。然而士道卻因為想隱瞞自己的失誤，最後還把其他精靈給牽扯進來。他忍不住自我厭惡，內心充滿了這種情緒。

「…………六喰，對不起。」

數秒後，士道嘆了一大口氣，如此說道。

「唔？為何道歉？只要你喜歡，我便無妨。」

「不是的，妳聽我說。我……欺騙了妳。」

士道死心般跪在地上，吐出話語。六喰對士道投以納悶的視線。

「其實──」

就在士道打算坦承一切的時候──

「──士道！」

客廳的門隨著這道聲音「砰！」的一聲打了開來，士道的妹妹琴里慌張地出現。

「……！琴里！」

「沒事吧！啊啊，看來靈力還沒有逆流……啊。」

就在這時，琴里止住了話語。

士道一時之間還以為琴里是被六喰性感無比的打扮和宏偉的胸圍震撼得失去語言能力，然而

──並非如此。

而是琴里發現──自己一把打開的門將站在門旁邊的七罪用力撞到牆上。

「……………嗚呃！」

七罪發出這樣的聲音，失去意識，滑落到地板上。

於是這一瞬間，藉由七罪的意識維持的〈贗造魔女〉的效果消失，纏繞在六喰身上的髮製泳裝發出淡淡的光芒，化為光粒消散在空中。

而留下的則是──和先前印象截然不同，六喰的超短髮姿態。

「什……這、這是……怎麼回事啊啊啊啊！」

六喰充滿混亂的聲音響徹五河家的客廳。

◇

「……原來如此啊。」

經過約三十分鐘後。

變得非常清爽的六喰吐了一口長氣，如此說道。

士道已經向六喰解釋事情的來龍去脈。看來姑且沒有引發靈力逆流，但六喰表情複雜地用手指玩弄她的短髮。

「抱歉……！全都是我的錯。是我不小心把丸子剪掉的……！」

士道雙手扶桌，深深低下頭來道歉。接著，坐成一排的其他精靈也跟著道歉。

「不是的！都是我的錯，是我撞到士道才會這樣！要罵的話，就罵我好了！」

「不……剪掉另一顆丸子的是我……」

「反省。剪掉三股辮的是夕弦。」

「哎呀，不過頭髮泳裝真是太棒了呢，小六。」

「呵呵呵，大飽眼福～～」

「……二亞和美九，妳們兩個也多少反省一下吧。」

額頭貼著貼布的七罪瞇起眼睛吐槽。琴里見狀，輕聲嘆了一口氣。

「——事情似乎就是這樣，我家哥哥真的做了對不起妳的事。我已經把妳的頭髮全部收集起來了，可以用〈佛拉克西納斯〉的醫療用顯現裝置復原。我不敢要妳因此一筆勾銷，但……希望妳能明白大家沒有惡意。」

「……唔。」

六喰發出細小的聲音回應琴里後，莞爾一笑。

「也罷。妾身曾言，我本來就已將頭髮交付給郎君，剪成何種髮型，妾身都毫無怨言。」

「六喰……」

「不過，我無法接受郎君以外的人觸碰我的頭髮。若是頭髮恢復原狀之後，下次郎君可否親手替妾身修剪？」

六喰凝視著士道的眼睛說道。士道回望她後，大大地點了點頭。

「嗯，當然願意。」

「嗯，如此便可。」

聽見士道的回答，六喰露出滿足的微笑。精靈們看見她的反應後也鬆了一口氣。

士道十分理解她們的心情。大家不是因為自己沒被責怪而放心，而是擔心她們修剪六喰的頭髮是否會傷害到六喰。

「…………」

於是，看見大家反應的六喰玩弄著她的短髮，瞥了全身鏡一眼，再次對士道說：

「郎君。」

「嗯？怎麼了，六喰？」

「能否勞煩你幫我拍一張照片？」

「咦……？」

聽見出乎意料的話，士道驚訝得瞪大雙眼，六喰便微微聳了聳肩接著說：

「妾身仍然想讓郎君親手為我剪髮。但是——傾注大家心血完成的這副模樣，消失了亦有些可惜吧。」

聽見這句話，士道以及精靈們不禁將眼睛瞪得圓滾滾的。

六喰見狀後，臉頰微微泛紅，莞爾一笑。

後記

好久不見，我是比黃昏更加昏暗的公司，但沒有比血流還要赤紅。

為您獻上《約會大作戰　安可短篇集6》。各位覺得如何呢？如果各位讀者喜歡本書，將是我莫大的榮幸。

短篇集《安可》也已經出版了第六集。我們的妖怪誘宵美九再次登上封面了！Ｋａｗａｉｉ！若隱若現的肚臍和美腿真是太性感了。草圖階段時也有裙子的版本，但我對這個版本一見鍾情，就選擇這個版本了。幹得好啊，那時候的我。

好了，接下來要開始《安可》慣例的各話解說。內容多少會提及故事情節，還沒閱讀短篇故事的讀者請小心踩雷。

○精靈過新年

新年快樂。不過這本書的發售日期是十二月就是了。

因此就寫了精靈穿著和服玩新年遊戲玩得很開心的故事。我想了很多新年相關的遊戲，最後還是決定玩自製的卡片雙六。雖然用打陀螺和打羽子板來對決感覺也很有趣，但我覺得大家一起吵吵鬧鬧玩遊戲比較好。難得二亞也加入戰局，就有點想再玩一次類似國王遊戲的元素。

而且像黑暗火鍋一樣，不知道會發生什麼事的刺激感應該還滿有意思的。各位有機會的話，請一定要玩看看。需要的只有玩家的分寸和良心。

○美少女遊戲二亞

插畫的性感內衣耀眼得令人無法直視的二亞短篇。不久前還差點死掉，沒想到復原得那麼快，只能說不愧是二亞。本条老師，原稿還沒畫好嗎？

正如篇名所示，是在講二亞玩美少女遊戲的故事。那真的是美少女遊戲嗎？難度也太誇張了吧。基本上我只玩操作簡單的遊戲，所以肯定不可能破關。

順帶一提，女主角丸那愛莉絲的形象是個髮色接近黑色的灰髮女生。雖然個性冷淡又強勢，

但只要讓她心動，她便會百依百順。配音員是三森すずこ小姐。這只是想像而已，不是真的。

○精靈動畫配音

是動畫耶，動畫！二亞的漫畫要改編成動畫了！所以是在說大家去參觀配音的故事。怎麼又是二亞啊。

實際上，感覺這次的短篇集中大多的故事都是以二亞為起點。美少女遊戲自然不用說，過新年那篇也是二亞提議要玩雙六，待會兒會提到的那兩篇，二亞也是以關鍵人物的身分登場。她本來就很主動又很精通動畫、遊戲這類宅要素，自然容易成為故事的起點。

然後是展現意外才能的七罪。事實上，她那觀察力、模仿能力和演技真的應該特別寫出來。但是本人卻死不承認。七罪！妳好棒啊，七罪！不愧是七罪！超帥！七果！七果！我想這樣逼迫她，看她傷腦筋的樣子。

○精靈玩線上遊戲

這次的舞臺是線上遊戲！所以分成三個陣營，讓他們在遊戲的世界中冒險。

我還滿喜歡這種讓角色選擇職業和設定的故事。實際上有製訂角色的遊戲要花不少時間才能真正開始進入遊戲。只要有類似的五官，大多能重現自己作品中的角色，但當場製作自己的原創角色也很有意思呢。

順帶一提，我這次喜歡的角色是暗堂騎士【†幻夜†】。大概可以把黑暗力量注入寶劍，擊出闇黑光龍閃吧。真強。

○精靈下線實況

然後是後篇的精靈下線實況。玩家殺手【法蒂瑪】的真實身分揭曉。這個名字跟第十四集中出現過的二亞的漫畫主角同名，直覺敏銳的人可能有察覺到吧。

不過，在週刊連載同時還有辦法把線上遊戲的角色等級練到滿，副帳號的角色也達到高等級，妳真的有在工作嗎，本条老師？

我把故事中出現的遊戲──北極星神域設定得比普通的MMORPG自由度來得高。空地的

構造是所謂的方塊建造類遊戲——老實說，很像《當個創世神（Minecraft）》。若是所有人都能使用由那個系統製造出來的空地，玩家們會為所欲為，難以管理吧。但如果有自由度如此高的遊戲，我有點想玩看看呢。

○剪髮驚魂六喰

這次的未發表短篇是在第十五集剛被封印的精靈六喰的故事，時間是在第十五集的終章之前。正如篇名所示，是在描寫六喰修剪長髮的故事。

雖然在本篇中發生了許多事件，但實際上六喰適合哪一種髮型呢？我個人並不討厭厚重蓬亂的髮型，剪太短也覺得很可惜，我想了各式各樣的髮型，過程有點開心。

髮型會影響乍看之下的輪廓和個人色彩印象，也是構成角色外表的重要因素。尤其《約會》這部作品的女角特別多，要不與其他人撞型必須費許多功夫。つなこ老師，每次都讓您費心了。

解說完各篇後，我要宣傳兩件事。

第一件事情是！二〇一七年三月要發售つなこ老師的畫集了！哇～～！拍手拍手！

這本畫集收錄了過去出版的本篇和刊載在《DRAGON MAGAZINE》及其他各種媒體上的《約會》插畫，內容十分豪華，敬請期待！

然後是第二件事！竟然要發售《約會大作戰DATE A LIVE》的外傳小說了！喔耶！作者是那位東出祐一郎老師！感覺《約會》會充滿血腥味喔！嘻嘻嘻嘻嘻！（註：以上皆為日本發售情況）

本書這次依然在多方人士的幫忙之下才得以完成。

負責插畫的つなこ老師，非常感謝您這次也畫出如此精美的插畫。精靈們每次穿的便服都非常可愛，棒透了。

責任編輯、美編草野、編輯部和營業部的各位、出版、通路、販賣等相關人員，以及現在拿起這本書閱讀的各位讀者，在此致上由衷的感謝。

那麼，期待下次再相會。

二〇一六年十月　橘　公司